小学館文庫

ロックンロール・トーキョー

木下半太

JN053949

小学館

目次

第一幕

1

鳥の羽根ではなかった。一枚の紙が宙を舞っていただけだ。

ふと、昔に観た映画を思い出す。一人の男の奇妙な人生を描いた映画だ。最高の作品だが、リアルな人生ではそう都合よくドラマティックな出来事なんて起こらない。

ましてや、人生にハッピーエンドなんてものはない。

幸運が訪れようとも、それはたまたまなだけであって、次の日は不幸がひょっこりと顔を覗かせる。

俺はトム・ハンクスではない。

木村勇太《きむらゆうた》。しがない劇団員だ。

紙がひらひらと俺の目の前に落ちてきた。

『君の未来を見たいよね♡』

メイドカフェのチラシだった。店名は《アキバ絶対領域ハイパーZⅡ》らしい。何を言いたいのか一ミリも理解できないが、この街では普通のことなのだろう。

日曜日。快晴。

秋葉原の歩行者天国は、ちょっとした混沌《カオス》だった。

アニメのキャラになりきり、ポーズを決めるコスプレイヤーたち。それらをアスファルトで中腰やら寝そべって撮影するカメラ小僧たち。買い物袋を大量に抱えた中国人に、動画を撮り合ってはしゃぐ欧米人。カップルと家族連れと修学旅行の学生たち。

「どうぞ、遊びに来てくださ……」

チラシを配っているメイドが、俺の姿を見て顔面を硬直させる。

「おおきに。でも、今から大事なお仕事やねん。すまんのう」

俺はわざとらしい関西弁で笑いかけて、さっき拾ったチラシをメイドに返した。

「あ……ありがとうございます」

「お姉ちゃんも頑張ってな」

お互い路上で体を張っている者同士だ。親近感を覚えてしまう。

「座長、メイドカフェに行ったことあります？」

隣を歩くノッポで天然パーマの男が俺に言った。

火野素直《ひのすなお》。俺の劇団《チームＫＧＢ》のメンバーだ。

「ないよ」

「そうなんっすか。大阪に住んでたときもっすか?」

「そんな金どこにあるねん」

「たしかに」

行ったとしても、関西のノリでマシンガンの如く喋《しゃべ》るメイドにはゆったりと癒やされはしないだろう。

「火野。お前、行きたいんか?」

「せっかくの本場っすから」

ミーハーなところがある火野は、秋葉原に着いたときからソワソワと落ちつかない。

「まあ、行くにしても着替えてからやな。この格好やったらメイドに通報されるぞ」

「そうっすよね」

すれ違う人々が、俺たち二人から目を逸《そ》らしていく。

ちくしょう。この恥ずかしさと興奮が入り混じったような感覚にはいつまで経っても慣れない。

見てろや。その視線を俺たちに釘付けにしてやるからな。

俺は自分自身を奮い立たせ、下腹に力を入れた。

数分後、待ち合わせ場所に着いた。

歩行者天国のど真ん中。早くも人だかりができている。

人の輪の中心に、金色のピタピタの服を着た二人がマイクを握ってポーズを決めている。Vネックが特徴の衣装だ。

赤星《あかぼし》マキとビーバー藤森《ふじもり》。こいつらも俺と同じ劇団員だ。

スピーカーから軽快なテクノ風の音楽が鳴り始める。

「アイ・アム！　Vネックス！」

ビーバー藤森が右手を突き上げ、ハイトーンで叫ぶ。

思いっきり日本語英語の発音に、ヤジ馬の外国人観光客たちが手を叩いて笑った。

よっしゃ。順調な滑り出しだ。

丹田《たんでん》に溜まっている重い空気を静かに吐き出す。頭の中がシンと冷たくなる。俺の調子も悪くはない。

音楽のテンポがグングンと高まり、赤星とビーバー藤森がキレキレのダンスを踊り、歌い出す。

赤星は無表情でクールだが、赤い髪と低身長のギャップがコミカルである。ビーバー藤森は、マッシュルームヘアに黒縁メガネのガリガリでバッタみたいな体型だ。

それは異様な光景だった。

秋葉原にコスプレイヤーはいくらでもいるが、歌って踊る奴はいない。ヤジ馬たちがみるみると増えていく。ほとんどが外国人観光客だ。

狙い通り。

日本人より、外国人の方がストリートパフォーマーに対して寛容なのである。

路上パフォーマンスの戦場として秋葉原を選んだのは、渋谷や新宿よりもターゲットを絞りやすかったからだ。

まず、《Vネックス》という架空のアイドルグループを作った。選曲やダンスの振り付けも外国人に響くように寄せた。

とにかく、目立ってナンボだ。そうじゃなきゃ、東京に来た意味がない。

《Vネックス》がサビに入る。

いよいよ、俺たちの出番だ。

「おい、コラー！　何、やってんだてめえら！」

火野が口火を切って、ヤジ馬の輪に突っ込んだ。

「オウ……」

手前にいた電器店の袋を持った白人の男が身体を仰《の》け反《ぞ》らせて道を作ってくれた。

火野と俺は、肩で風を切って《Vネックス》に向かっていく。

ビーバー藤森は、俺たちに気づかないふりをして歌い続けている。

「誰の許可を受けてダンシングしてんだ！　ショバ代払ってんのかよ！」

火野が怒鳴り散らし、外国人観光客がシャッターを切りまくる。

「ジャパニーズ、ヤクザ！」

白人の男の横にいた子供が俺たちを指す。

その通り。ヤクザに扮してパフォーマンスをするのが俺たち《チームKGB》の十八番《おはこ》だ。

火野はサングラスをかけて、背中に鬼の絵がある和柄のアロハ。足元はサンダル。

俺は紫色のポロシャツに金色のチェーン。右手首にロレックスと数珠《じゅず》のブレスレット。もちろん、アクセサリーは露店で購入した偽物である。

「聞いてんのかよ！　てめえ！」

火野が持っていた玩具のヌンチャクで、ビーバー藤森の側頭部を殴りつける。

ビーバー藤森が派手に倒れ、歓声が上がる。

俺は玩具の日本刀で赤星を斬りつける。

「アイヤー！」

赤星はＢ級カンフー映画に出てくる弱い悪役みたいな苦悶の表情で胸を押さえ、両膝をついた。

「ワオ！」

さらにヤジ馬たちが盛り上がる。

地回りのヤクザが路上で頑張るアイドルをシバキ倒すという設定だが、観ている外国人観光客たちはわかっていないだろう。

意味なんて関係ない。パフォーマンスはパッションと勢いだ。《Ｖネックス》という名前も適当に決めた。

俺と火野は、ヒールのプロレスラーの如く、観客にアピールする。

ただ、あまり挑発しないように気をつける。外見はいかつくても、俺たちの中身はか弱い劇団員なのである。

曲がちょうど間奏に入った。

失神していたビーバー藤森がヨロヨロと立ち上がる。

「イエス、イエス」

外国人観光客が息を呑む。とにかく、反応がわかりやすい。

「ギブ……ミー」

マイクを握るビーバー藤森が、震えながらヤジ馬たちに手を差し出して絶叫する。

「ギブ・ミー・マネー！」

俺たちと観客の間に置いてあるクッキーの缶に、投げ銭が飛んでくる。

まいどあり。本日も大盛況だ。

なぜか、俺たちヤクザも《Vネックス》と踊りだす。意味なんてない。しつこいようだが、パフォーマンスはパッションと勢いだ。

「クレイジー！」

褒められているのか、けなされているのかわからないが、観客たちは喜んでいるので良しとしよう。

ヤジ馬がさらに集まってくる。ざっと見渡しただけで、ゆうに五十人を超えた。いや……百人近くはいるのではないか？

一人、千円払ってくれれば大台の十万円に乗る。《チームKGB》の四人で分配しても二万五千円だ。今月の家賃の足しになる。

踊りながら夢中で皮算用する俺の肩を背後から誰かがむんずと摑《つか》む。

「ちょっと、君」

振り向いて、一発で現実に引き戻された。

俺たちのパフォーマンスを強引に止めたのは二人組の制服警官だった。

「な、何でしょうか?」

俺はサングラスを外し、丁寧な言葉づかいで訊いた。

「はい。終わって」

「いや、でも……他のコスプレイヤーたちも路上でやってますよ」

「君たちは人を集め過ぎなんだよ」

それが実力とちゃうんかい!

怒鳴りたいのをグッと堪えて、無理やりクールダウンする。

「もう少しで終了するので待ってもらえませんか」

「ダメだ」

彼らからすれば、俺たちがやっていることなんてまったく理解できないだろう。俺たちは他のコスプレイヤーとは違う。自己顕示欲を満たすための趣味ではないのだ。

「勇太」

俺の背中を小突く声。

離れた場所から音響の操作をスマホでしていた俺の嫁、千春《ちはる》だ。

「でも……」

「ええから。帰ろ」

火野、赤星も千春の後ろで素に戻っている。踊り続けているのはビーバー藤森だけだ。トランス状態に入っていて警官が視界に入っていない。

「こんなところでやらなくていいように、早く人気者になりなさい」

警官がため息混じりに言った。

ああ。そんときは会ってもサインしてやらへんからな。

駅のトイレで着替えて、俺たちは電車に乗って家へと戻った。

方南町《ほうなんちょう》のドン・キホーテの裏にある、築半世紀のアパート。間取りは狭めの2DKで、一部屋に俺と千春。もう一部屋に火野とビーバー藤森。赤星はキッチンに布団を敷いて寝る。

上京してあらゆる不動産を回ったが、五人で住むことができる物件は見つからなかった。いくら劇団で家賃の負担を軽くするための同居だと説明しても、怪しい宗教団体と疑われてしまうのだ。

売れない劇団は部屋すら貸してもらえない。

結局、最後に回った外見がボロボロの不動産屋のヨボヨボのおじいちゃんに、俺と千春の二人で住むからと嘘《うそ》をつき、やっと東京のアジトを確保できた。

「今日の売上はナンボやった？」

「三千五百円ですね」

　赤星がクッキーの缶を開けて数える。

　あのとき、警官に止められなければ……。

　終わったことを考えても仕方ないが、やはり悔しい。

「ほな、お前ら千円ずつな」

「座長と千春さんは……」

「俺らは五百円でええから」

　晩飯の用意をしている千春がニッコリと微笑む。

「はい……」

　赤星が申し訳なさそうに、火野とビーバー藤森に投げ銭を配る。

「ありがとうございます」

「座長、ありがとうございます」

「おう。お前らが売れたら、俺ら夫婦を養ってくれよな」

「はい！」

俺の冗談に、三人が大きく頷いた。

2

フライパンで頭を殴られている。

俺を殴っているのは白い髭《ひげ》を伸ばしたメガネの老人で、見覚えのある白人だった。

「お前に『バック・トゥ・ザ・フューチャー』みたいな傑作を撮れるのか！」

たぶん、スティーヴン・スピルバーグだ。

「撮れるものなら撮ってみろ！　ほら、逆立ちしても無理だろ！」

流暢な日本語で、声は千春の父親にソックリだ。

ガン！　ガン！　ガン！


目覚まし時計の音だった。俺と千春の枕元で暴れ狂っている。

「勇太……起きて……」

千春が俺の肩を摑んで揺らす。

「おう……」

午前五時半。大阪のバーテンダー時代だと今から店を閉める時間だ。

「おーい。起きろよー」

隣の部屋の襖《ふすま》を開けて、チームKGBの三人を起こす。火野は頭を鳥の巣のように爆発させて、なぜかメガネをかけたままのビーバー藤森と重なり合うようにいびきをかき、赤星はキッチンの布団の上で歯ぎしりをしている。この共同生活でストレスが限界まで達しているのだろう。

そう簡単に目が覚めてくれれば苦労しない。

俺は、赤星が実家から持ってきたボロボロのラジカセの再生ボタンを押した。大音量でコンプレックスの『恋をとめないで』が流れる。

「おはようございます……」

赤星がむくりと上半身を起こす。あとは任せておけば男共を叩き起こしてくれるだろう。

いつもの朝の光景である。

稽古は毎日。開始時間は朝の六時からだ。なぜ、こんなとち狂った時間帯に演劇をやるのか？　もちろん、俺なりの理由があった。

東京に来たばかりのまったく無名の劇団がどうやれば勝てるか。普通にのほほんと過ごしていたら何十年かかるかわかったものじゃない。

この街には全国から売れたくて仕方ない奴らが集まってきている。それこそ千や二千ではない。ミュージシャンやお笑い芸人まで入れたらゆうに一万人は超えるだろう。勝つためには、普通ではなく狂わなくてはいけない。毎週、日曜日に秋葉原の歩行者天国でゲリラのパフォーマンスをやっているのもそのためだ。

俺たちは朝飯も食べず、ジャージに着替えて表に出た。もうすぐ四月だが、この時刻はまだまだ肌寒い。

「よっしゃ。いくぞ」

俺は自ら気合を入れて、アパートの前の坂を駆け足で上り始める。チームＫＧＢの三人も黙って走ってついてくる。

朝六時からのランニング。

いくら東京といえども、ここまでやっている奴らはいないはずだ。すべては他の連中よりも目立つため。

それがこの戦場で生き残る戦略だ。

「吐きそうっす……」

火野が稽古場の床で引っくり返って呻《うめ》く。その隣でビーバー藤森が白目を剝《む》いたまま正座をしている。

「二人とも、体力どんどん落ちてるんとちゃいます？」

赤星がタオルで汗だくの顔を拭きながら二人を見下ろす。

「バイト疲れやろ」

俺も二人ほどではないが、肩で息をしながら座り込んでいる。

稽古場は方南町駅前の老舗《しにせ》洋食屋の二階にある。普段はダンススタジオなのだが、朝から使う人間はいないから俺らが借り放題だ。

「座長……バイト……替えた方がいいですかね……」

ビーバー藤森がやっと意識を取り戻した。

「先週、決まったばっかりやんけ」

「正直キツイです」

「昨日は何時までやっててん？」

「……〇時です」

「酒飲めないのにバーなんか入るからや」

「座長の真似をしようかと……」

「しかも、ジャズバーやろ」

「深夜になるとジャズが心地よすぎて……子守唄になるんです」

劇団員のアルバイトのバー率は高い。カウンターで接客をすれば、営業トーク次第では自分たちの公演のお客さんにできるからだ。

大阪時代は、俺のバー《デ・ニーロ》の常連客たちも舞台を観に来てくれて応援してくれた。

だが、今、その人たちや友達はいない。劇場で公演を打ったところで動員は十人にも満たないだろう。

同じ日本なのに、まるで別の国の都市に来たみたいだった。

「まさか営業中に寝てへんやろな?」
「あ、当たり前じゃないですか」

確実に居眠りしている。クビになるのも時間の問題だ。

「火野はどうやねん?」
「まあ、ボチボチっす」
「あんま長くは続けんほうがええぞ」
「……ですよね」

火野は新宿歌舞伎町のキャバクラでボーイとして働いている。世話になっている先輩の紹介らしいが、その先輩はあまりいい噂《うわさ》を聞かないので正直、不安だ。

ちなみに赤星と俺はアルバイトをしていない。赤星は親の援助を受け、俺に至っては千春に養ってもらっている状態だ。

上京したとき、バーテンダーの求人を探そうとしたのだが、千春に「そんな暇があったら脚本書いて」と止められたのだ。

これで売れなきゃ、単なるヒモである。

「稽古すんぞ」

今の俺たちにはそれしかすることはない。

演目は、大阪時代に評価が高かった『悪魔のエレベーター』という四人芝居だ。深夜のマンションのエレベーターにワケありの住人たちが閉じ込められ、最初はコメディータッチで進んでいくが徐々に四人の秘密が暴《あば》かれていく。狂気の裏切りと驚愕のどんでん返しがウリの物語だ。

自分で言うのも何だが、自信作である。しかも、舞台設定がエレベーターなのでセットはいらず、小道具もそれほど凝《こ》ったものはないから低予算でやれる。

だけど、借りる小屋がなかなか見つからないのが現状だ。

東京の劇場にツテはない。そもそも、小屋代が信じられないぐらい高い。大げさではなく大阪の三倍はする。

上京したのはいいが、本公演ができない。劇団として致命的だ。

「助けてくれー！」

火野が『悪魔のエレベーター』の芝居を始める。

俺も一緒になって叫びたい気分だ。

ただ、この街ではそう簡単に誰かが手を差し伸べてくれることはない。みんな、必死で戦っているのだ。


「さあ、納豆タイムや」

テーブルの上にパックの納豆を置いて、俺は言った。

昼。稽古が終わったチームKGBはアパートに戻り、節約のために一緒に飯を食べる。納豆は毎日のルーティーンだ。

「マヨネーズかけていいですか」

納豆が大の苦手のビーバー藤森が半泣きで訊く。

「そんなんしたら余計に不味《まず》いやろ」

「少しでも臭いを消したくて……」

「早く慣れろや」

「無理ですよ！　腐った豆ですよ！」

「そもそもセロトニンが出るから食え」

「セロトニンって何ですか？」

「脳の何かや。いいから食えって」

ネットの記事で読んだのだ。どうやらセロトニンという物質が脳から出ると鬱になりにくいそうだ。

食えない劇団員の一番の敵は、モチベーションの低下だ。

本来なら稽古のあとに飲みに行ってコミュニケーションを取るのが通例なのだが、俺が禁酒中でそれができない。自分でバーを経営するほど酒好きだったが、大阪時代に理不尽な業界人に悔しい思いをさせられ、「ぶっちぎりで売れるまで酒を飲まない」と誓ったのだ。

ただ、飲酒できないストレスは日に日に増していき、テレビでビールのＣＭを見るだけでイライラしてしまう。

「……いただきます」

ビーバー藤森がこの世の終わりという顔で納豆を一粒ずつ口に入れていく。

「待ってろ。すぐに作るからな」

昼のご飯を作るのは俺の担当だ。千春は派遣のOLなので、当然、家にはいない。

鍋に刻んだニンニクを入れて、オリーブオイルで炒める。焦がさないようにガーリックオイルを作るのだ。そこにこれでもかというぐらいベーコンとエリンギを投入、別の鍋で茹でていたパスタ二袋（一キロ）を加え、生卵八つと粉チーズを和《あ》える。

「ほい！　鬼ボナーラ！」

俺は三人が待つテーブルの上に鍋ごと置いた。

〝鬼ボナーラ〟とは滅茶苦茶に量が多いカルボナーラである。食材は、スーパーの安売りを狙って買ったから一人あたりの食費は二百円ほどだ。

「いただきます！」

火野と赤星が割り箸を鍋に突っ込んでパスタを摑む。取り分けなど面倒臭いことはしない。

「おいしい！」

「うまいっす！」

稽古後の劇団員に必要なのは栄養バランスよりも、過剰な炭水化物の摂取だ。

俺は一心不乱にパスタを食うチームKGBを見ながらふと思った。

劇団というより……相撲部屋やんけ。

こんな毎日を過ごしていて、本当に東京で売れるのだろうか。薄暗いアパートの部屋で不安に押し潰されそうになる。

だが、他に何をすればいいのかわからない。今、自分たちがやっていることが努力なのか、見当違いの猛ダッシュなのか。

山の頂を目指していたつもりが、谷底に真っ逆さまに落ちるかもしれない。いや、すでに落下してる途中ではなかろうか。

「……臭い」

ビーバー藤森が三粒目の納豆を口に入れて吐きそうな顔になる。

3

五月になった。劇団としては何も変わらず、悶々とした日々を過ごしていた。

「座長、これ受けませんか？」

稽古終わりで鬼ボナーラを食べているとき、火野がスマホを見せてきた。画面にはオーディションの情報が記載されている。

「監督は誰なん?」

「筒石《つついし》監督です」

「へえ、新作撮るんや」

「なんか、青春ものらしいっすよ」

ミーハーな火野が目を輝かせている。

筒石監督は強面《こわもて》と毒舌で有名な映画監督だ。登場人物がイキイキとした熱い物語を撮ることで定評があり、誰であろうと遠慮せず関西弁でズケズケと物申すキャラで最近はバラエティーや情報番組のコメンテーターとしても活躍している。

「オーディションはいつなん?」

「来週っす」

「ロケ地は?」

「京都みたいっすね。オーディションも関西在住の役者を募集してます」

「マジか……」

オーディションを受けるために地元の大阪に戻らなくてはならない。当然、交通費は自腹だし受かる保証は無い。深夜の高速バスを使っても一万円は超えてしまう。貧芝の極みの劇団員にはあまりに痛い額だ。

「私はやめときます」

イチ早く赤星が宣言した。もともと、彼女は生粋《きっすい》の舞台女優で映像には興味がない。

「ビーバーはどうする?」

「出ます!」

さっそく受かった気でいる。

「座長はどうするんっすか? もちろん、行きますよね? 筒石監督っすよ?」

「そうやな……」

横目で千春を見る。キッチンでリンゴを剝いていた。八百屋の安売りで買ったリンゴだ。その背中に言葉が詰まる。

「お土産は八ツ橋な」

千春が振り向かずに言った。


「次の組、どうぞ」

ゾンビみたいな風貌の青年がドアを開け、俺たちを招き入れた。

「三人一緒にですか」

「そうです」

ゾンビがしんどそうに息を吐いて頷く。

京都の烏丸《からすま》にある古びた公民館でのオーディション。午後七時前でどうやら俺たちが最後のようだった。指定された昼の時間に着いたのだが、廊下に長蛇の列ができていた。全員が役者の卵でギラギラとしており、俺たちはプレッシャーで吐きそうになった。深夜の高速バスで関西に到着したのが朝の六時。ネットカフェで休もうとしてもブースの狭さに仮眠すらまともに取れなかった。

やっと筒石監督に会える。

疲れが吹っ飛び、背筋がシャンと伸びる。

「失礼します！」

部屋に入り、愕然とした。

筒石監督がいない。長机で待っていたのは小柄な黒縁メガネの髭面のおじさんだけだ。部屋の隅に三脚のビデオカメラがセッティングされている。

……そういうことね。

瞬時に察知した。

監督が直《じか》に見る必要のないオーディションなのだ。エキストラに毛の生えたキャストを集めるだけだ。

クソッタレが。

往復の交通費と千春の後ろ姿が頭をよぎる。

火野も顔が引き攣《つ》っている。思うことは同じなのだろう。ビーバーは明らかに眠気を堪えて欠伸《あくび》を噛《か》み殺していた。

「助監督の滝《たき》です」

小柄の黒縁メガネの髭男が表情を変えずに挨拶をする。

「彼は演出部の青木《あおき》」

「青木です」

ゾンビがビデオカメラを回しつつ、だるそうに頭を下げる。

ちゃんと見る気あんのか？

たしかに何百人も審査すればくたびれるのはわかる。だが、こちらも人生を懸けて挑んでいるのだ。

「順番に自己紹介して」

滝が太い声で言った。よく観察すると、バテているのは青木だけだ。滝は小柄な体の奥からエネルギーが溢《あふ》れている。

さすが、筒石組やな。

筒石監督は熱い映画を作るが、その分スパルタな撮影をすることは誰もが知っている。そんな現場の助監督ならば、鍛えられていて当然だ。

「木村勇太です！」

俺は負けじと声を張り上げた。

「火野素直です！」

「ビーバー藤森です！」

二人も座長につられて大声で続く。劇団員の反射神経だ。

「声、大きいな」

「はい！」

滝がジロリと俺たちを値踏みする。メガネの奥の目が黒いビー玉みたいだ。

「劇団やってるの？」

「はい！」

「何て、劇団？」

「チームＫＧＢです」

「……」

無反応。慣れているとはいえ、オーディションではさすがにキツい。

「公演はどこで打ってるの？」

「千日前のトリイホールっていう劇場です」

「動員は？」

「千人ぐらいです」

そんなにはいないがハッタリも必要だ。

「面白いの？」

滝がズケズケと訊く。

「はい。大阪で一番オモロいです」

俺もズケズケと答える。

「ふうん」

滝が笑みをこぼす。無反応から一歩前進した。

「それでは、台本を読んでください」

青木が言った。台本は前もってメールで送ってもらっていた。数ページの抜粋したものだ。

「台本はいいや」

滝が手を上げて、読もうとする俺たちを制する。

「じゃあ、何をすれば……」

「劇団の何かやってよ」

「……何か？」

「お客さんに評判いいヤツ見せて」

なかなかの無茶振りである。俺のハッタリをわかって、明らかに試してきている。

「わかりました」

俺がビーバー藤森に目配せをする。ビーバー藤森が覚悟を決めた顔で、コクリと頷き、目にも止まらぬ速さで上着とジーパンを脱いだ。前もって仕込んでいたピンクのTバックが飛び出す。

「お待たせー！　モッコリーヌよー！」

大阪時代、ストリップの前座をしたときに生まれたキャラだ。Tバックでメガネをかけたままクネクネと踊り、そこにヤクザに扮した俺たちが乱入するというハチャメチャなフラッシュモブである。

「何、見てんのよー！　いやらしい目をしちゃってさー！」

モッコリーヌが審査員の二人に向かって叫ぶ。

「興奮しちゃーう！　もっと見てー！」

モッコリーヌが滝に尻を向けてプリプリと振るが、地蔵かと思うほど滝は何のリアクションもしない。

「心開きなさいよー！　私もオープンしちゃーう！」

床に寝転がったモッコリーヌが両脚をVの字に開く。

これはダメだ。完全に落ちた。目の前で繰り広げられるあまりにシュールな光景に、俺は思わず噴き出してしまった。

「こいつ、アホや」

「アンタが生み出したキャラでしょうが！」

モッコリーヌがバネじかけの人形のように立ち上がり、甲高い声でブチ切れる。

「いいぞ！　ビーバー、もっとやれー！」

火野も調子に乗って囃《はや》し立てる。

「アンタもやりなさいよ！　鳥の巣みたいな頭しちゃってさ！」

「ビーバー！　踊ったれ！」

俺はヤケクソで中指を立てた。

「やってもうたな……」

三十分後、俺たちは鴨川沿いに並んで座っていた。

せっかく京都に来たから旨い店に行きたいが、言うまでもなくそんな金はない。

「僕のせいですかね」

ビーバー藤森は、ファンタオレンジを手にガックリと肩を落としている。ついさっきまでピンクのTバックで踊り狂っていた奴と同一人物とは思えない。

「いや、爪痕は残したやろ」

「そうだといいんですけど……」

「助監督の人ドン引きでしたよね。こんなことなら……」

火野がこぼれそうな愚痴を缶ビールで流し込む。

俺たち以外、鴨川沿いで夕涼みをしているのはすべてカップルだった。彼らの目にはうなだれる俺たちのことなど映っていないだろう。

「まあ、いい経験になったやんけ」

俺は自分自身を慰めるように言った。

「はい……」

ビーバー藤森が重い息を吐く。普段は鈍感だが、さすがにダメージは大きい。

「お前ら、今日中に東京に戻るんか？」

「座長は違うんすか？」

火野が空になった缶ビールを潰しながら訊いた。

「おう。実家に顔を出そうかと思って」

「じゃあ、明日の稽古は無しっすね」

稽古嫌いの火野が急に顔を輝かせる。良くも悪くも切り替えが早い。

俺が実家に戻るのには理由があった。母親に会い、金を借りるためである。ハッキリ言ってかなり気が重い。

ただ、千春の給料だけじゃ生活はキツいのが現実だ。

俺と二人だけなら何とかなるかもしれないが、劇団員たち三人と暮らしていたらどうしても出費が多くなる。特に食費が馬鹿にならないのだ。

千春の貯蓄を取り崩しながらやり繰りしているが、長くは続かない。

働けない俺が今できることは借金だけだ。ただ、母親の苦虫を噛み潰したような顔を思い浮かべて胃が痛くなる。

「あああ」

ビーバー藤森がさらにため息をつく。

「そんなに落ち込むな。終わったことやんけ」

「いえ。Tバックが食い込んで痛いんです」

……こいつも切り替えが早い。

4

二週間後。

俺は新宿歌舞伎町でパチンコを打っていた。金がないなら作るしかない。今の自分には稼ぐ術《すべ》がギャンブルしかないのだ。

不思議なもので、ギャンブルは勝ちたいと強く願えば願うほど運が逃げていく。

その日も、財布の中が空っぽになるまで一時間もかからなかった。

家のある方南町まで歩いて帰るしかない。だったら家の近くのパチンコ店で打てばいい話だが、千春に見つかりたくないからわざわざ離れた場所に来たのだ。

店を出て、アテもなく歌舞伎町を彷徨《さまよ》う。

俺は東京で何してるねん……。

胸の中にスポンジがギュウギュウに詰まったみたいだ。息苦しさに襲われ、どんどん目が霞んでくる。

午後七時。街がギラギラと眩しい。

ホスト、キャバクラ嬢、彼らを求める客たち。欲望に忠実な歌舞伎町の連中を見ていると何とか気を紛らわせることができた。

ただ、嫌悪感はすぐにやってくる。

みんな、これを乗り越えたのか？

地方から東京にやって来て、結果を出す。その難しさに打ちひしがれる。一旗揚げるために戦い、無残にも敗れていった人の数はそれこそ星の数ほどいるだろう。

いや、戦えるだけまだマシだ。俺は何からやればいいのかすらわからない。

ゴールデン街まで辿《たど》り着いた。昭和の哀愁が残るエリアだ。

小さな店が立ち並び、外国人の観光客やカメラを首から下げた若い子も多い。

……あれ？

俺は足を止めて目を細めた。《新宿ゴールデン街劇場》という看板を見つけたのだ。

こんなところに劇場？

居酒屋の屋号かと思ったが違う。壁にチラシが貼ってあり、どうやら本物の劇場のようだ。古い飲み屋ビルの半地下で、中に入ってみなくてもかなり狭いことがわかる。

チラシの劇団はどこも聞いたことのない無名ばかりだ。

ここなら貸してくれるかもしれない。

パチンコで惨敗したあとに見つけたので、運命的なものを感じる。

よしっ。借りよう。俺は火野とビーバー藤森のバイトのスケジュールを確認するためにスマホを出そうとした。

ズボンのポケットに手を伸ばしたタイミングで電話がかかってきた。知らない携帯番号だ。

「もしもし?」

『木村勇太さんのお電話ですか?』

「はい。そうですけど……」

『筒石組の青木です』

「アオキ?」

『京都のオーディションでお会いしました』

「あっ……」

『合格です』

「へっ?」

『合格しましたので撮影スケジュールをお伝えします』

「えっ？　あの……」

何かの間違いだ。オーディションのときの俺たちはあまりにもふざけ倒していた。モッコリーヌが会場の長机の上でピンクのＴバックで腰を振りまくっていたのに、どこに合格の要素があったのだろうか。

『どうしました？』

「ホ、ホンマですか？」

受話器の向こうで青木がクスリと笑い、わざとイントネーションのおかしい関西弁で答えた。

『ホンマです』


新宿からの帰り道、方南町の駅前にある酒屋で安いシャンパンを買った。現金は持ってなかったが財布の中に商店街で使える商品券が入っていたのだ。もちろん、禁酒中の俺は飲まないが、祝いの日はビールでは味気ない。

映画に出演できる。

それも、青木の説明ではエキストラではなく、ちゃんと台詞もあるらしい。

千春にはあえて連絡せず、口頭で説明することにした。驚いて喜んでくれる表情を生で見たいからだ。

もしかしたら、泣くかもしれないな。

俺はイタズラを仕掛ける子供みたいに期待に胸を膨らませて、インターホンを押した。鳴らない。

故障？　……いや、違う。俺は自分の鍵でドアを開けた。

リビングのテーブルにロウソクが灯っていた。薄暗い中、千春が無言で座っている。

まるで、霊でも呼び寄せようとしている雰囲気だ。

「千春、何してんの？」

「電気、止まったよ」

「……やっぱりか」

「電気代、払ってへんの？　先月、渡したよね」

「ごめん……」

パチンコに使ってしまった。説明しなくても、千春には伝わったはずだ。

「どうすんの？」

「電気代、ないの？」

「あるわけないやんか。ギリギリで生活してんねんで」

千春の声が怒りで震える。チームKGBのメンバーがいなくて良かった。

千春は俺以外の前では、いつもニコニコしている。感情を押し殺すというよりは、ネガティブな空気が嫌いなのだ。

「ほんま、ごめん」

「京都に行った交通費も無駄になったし」

「受かったで」

「は？」

「オーディション、合格した」

「落ちたって言ったやんか」

「誰だって落ちたと思うやろ。ビーバーが大暴れしてんから」

「撮影はどこでやるの？」

「来月から京都……」

「お金はどうするの？」

「どうしょう……」

深夜の格安の高速バスで行ったとしても宿泊代がかかってしまう。青木の説明では、撮影の集合時間は毎朝四時らしい。大阪からの始発電車では間に合わないので、どうしても京都で宿を探さなければいけないのだ。

青木からは「弁当は出るけど、交通費と滞在費は出ません」と断言された。「それでもいいですか？」と。

どこの芸能事務所にも所属していない劇団員はイエスと答えるしかない。

「お母さんに借りたお金は？」

「もう、ないよ」

半分は生活費、もう半分はパチンコに使った。

千春が重いため息を漏らす。本当に霊を呼び寄せてしまいそうだ。

「勇太……」

「金は俺が何とかする」

「できたよ」

「何が？　晩ご飯？」

「ちゃうわ！」

「じゃあ、何ができてん」

「アホ！」

千春が立ち上がり、ドスドスと足音を立てて寝室に入って襖をピシャリと閉める。

……嘘やろ？

肝心なことに鈍い俺は、やっと千春の言葉の意味を理解した。


「歌舞伎町でやるんですか？」

赤星が露骨に眉をひそめて言った。

翌日の朝の稽古場。俺はチームＫＧＢの三人に、昨日、発見した《新宿ゴールデン街劇場》で芝居を打つと宣言した。

「そうや。ロックやろ？」

「治安、悪くないですかね」

「大阪とそんなに変わらんやろ」

ヤクザがオーナーのストリップ劇場で前座をやれたのだ。さすがに、あそこよりはデンジャラスな場所ではないだろう。

「歌舞伎町だったら誰でも知ってるし、いいんじゃないっすか」

ミーハーな火野は知名度さえあればいい。

「お客さんが嫌がると思います」

赤星の顔がさらに険しくなる。火野の軽いノリにムカついているのだ。

「どこでも一緒だって」

「下北沢とかの方がいいと思います」

「あの街の劇場《ハコ》はどこも貸してくれないからしょうがねえじゃん。ねえ、座長？」

「まあな……」

演劇の街として有名な下北沢は、東京にある無数の劇団が公演を打ちたがるので競争率が高い。劇場代も然りだ。しかも、劇場によっては、名の通っている人気劇団に優先して貸しているという噂もあり、俺は電話をかけて冷たい対応をされる度に苛ついていた。

「いつまでも路上でやるわけにはいかねえだろ」

火野がキツい口調で言う。

「はい。そうですね」

赤星も負けじと返す。

最近、この二人が何かと衝突しがちだ。全員が先の見えない東京生活にストレスが溜まっている。ビーバー藤森だけはどんなときも居眠りをしているが。

「ビーバーさん、起きてください」

赤星が横で船を漕ぐビーバー藤森の肩をグーで殴る。

「ん？　何が？」

「どんだけ寝てるんですか。脳みそ腐りますよ」

「何が？」

「一生寝とってください」

さらに稽古場が険悪なムードになる。空気を変えよう。

「オーディションの結果が出たぞ」

「え？　連絡来たんですか？」

火野が目を輝かせる。不合格なら連絡すらないオーディションがほとんどだからだ。

「おう。合格や」

「だ、誰が合格なんですか」

「三人ともや」

「マジっすか!?」

火野が大げさにガッツポーズを取る。

「何がですか？」

ビーバー藤森がやっと目を覚ましてくれた。

「どういうわけか、お前のモッコリーヌが評価されたんや」

「……変態の役があるんですか」

「自分で言うな。青春映画やぞ。そんな役があるわけないやろ」

「どんな役ですか？　台詞ありますか？」

役者なら誰でも台詞が欲しい。たった一言でも、あるとないとでは雲泥の差だ。

「沖縄の高校生や。沖縄弁の台詞を貰えるらしい」

「え……オレたちが高校生ですか？」

「京都に修学旅行に来た不良役や」

「沖縄のヤンキーっすか……オレ、沖縄弁喋れませんよ」

「俺もやって。台本が送られてきたら沖縄出身の人を探してイントネーションを教えてもらうしかないやろ」

台詞の量はまだわからないが、絶対に簡単にはいかない。しかも、監督は厳しい演出で役者を追い込む〝鬼の筒石〟なのだ。

「沖縄の変態やるんですか」

ビーバー藤森はまだ事態を把握できていない。

「おめでとうございます。タバコ吸ってきます」

赤星がくるりと振り返り、スタスタと稽古場を出ていく。その背中が小さく丸まっていた。

5

「それではキャストをご紹介します！」

青木がブレザーの制服姿の俺の横で大声を張り上げる。

午後一時。京都の清水寺の近くの駐車場。俺たちチームKGBの撮影初日。せっかちな夏がやって来たかと思うほどの晴天だ。

「沖縄の修学旅行生A役の木村勇太さんです！」

俺を囲む筒石組のスタッフとエキストラが拍手をする。

やっと出番かよ……。

俺は無理して笑顔を浮かべて、ゲンナリとした気持ちを隠した。

朝の四時に現場入りしてメイクをしてもらい、そこからひたすら楽屋部屋で他のエキストラたちと待たされた。

九時間やぞ、九時間！　東京から京都を一往復半できるではないか。

登場人物がかなり多いので時間がかかるのはわかるが、始発が出てから実家を出ても充分に間に合った。茨木から京都までは一時間もかからない。

「続きまして沖縄の修学旅行生B役の火野素直さんです！」

火野がニコニコと手を上げる。さっきまで楽屋部屋で散々、文句を垂れていたのに嬉しくて仕方ないのだ。

俺には言われたくないだろうが、ブレザーの制服が滑稽なぐらい似合っていない。

「最後に沖縄の修学旅行生C役のビーバー藤森さんです！」

エキストラからクスクスと笑いが漏れる。半目になりながら必死で眠気を堪えるビーバー藤森の顔が、年老いたロバみたいで愉快なのだろう。

スタッフとエキストラが配置につく。

「テストの前に監督に挨拶しよう」

青木に連れられて、モニター前へと移動した。

鬼の筒石との対面だ。弥《いや》が上にも心拍数が跳ね上がる。

「監督。チームKGBの三人です」

「おう」

スタッフの輪の中から、ヘッドホンを首にかけた筒石監督が現れる。チェック柄のシャツに大きめのジーンズ。テレビで見るよりも肩幅の広いおっさんだった。

こういう場合は体育会系の挨拶に限る。俺は自ら筒石監督の前に飛び出した。

「初めまして！　木村ゆ……」

「どけ」

いきなり胸を小突かれた。

え？　結構、痛い。

「あの……」

「お前とお前」筒石監督は、据《す》わった目で俺と火野を見比べて言った。「チェンジ」

「はい？」

「役をチェンジだ」

いつの間にか、滝助監督が俺の斜め前から詰め寄ってくる。「いけるな？」

「いや……」

撮影はもう始まってしまう。関西弁なら何とかなるかもしれないが、沖縄弁のイントネーションとなると話は別である。

「いけるな？」

滝が再び詰め寄る。ニコチン臭がキツい。もうキスしてしまいそうな距離だ。

「……いけます」

それ以外に答えは用意されていないではないか。

筒石監督はすでに俺たちから離れ、スタッフに囲まれて打ち合わせをしている。

「頼んだぞ」

滝助監督がコクリと頷き、小走りで筒石監督を追いかける。

何に対しての頷きだ。自分だけで勝手に納得しないで欲しい。

「ど、どうするんっすか」

俺の隣の火野が真っ青になっている。

「や、やるしかないやろ」

たぶん、俺の唇も紫色だ。

俺たちは駐車場の隅に移動して、互いの台詞を言い合ってイントネーションを確認した。だが、二人とも他人に教えるほどマスターしているわけではない。

刻々と本番の時間は迫っている。練習すればするほど、血の気が失せてきた。

これが、映画の現場!?

監督の一言で有無を言わさず役が変わるなら、神様そのものではないか。

俺は絶対に映画監督になる。

大阪時代は事あるごとに宣言してきた。映画をアホほど観て、映画の専門学校で講師と喧嘩して辞めて劇団を作り、すべての公演の脚本と演出をした。

それなりに積んできたつもりの経験が、ここではまったく通用しない。

「テストいきまーす！」

青木の合図で、俺たちはジンギスカン屋の前を通る羊の気持ちで持ち場に戻った。

駐車場に修学旅行生たちが乗るバスが止まっている。俺たち沖縄の不良高校生が別の高校のヒロインをナンパし、主演のイケメンにしばかれるシーンだ。

ヒロインの名前は、深海《ふかみ》りん。まだ十九歳の新人女優だ。主演のイケメンは、酒井《さかい》遥輝《はるき》。こちらも二十代前半の若手俳優で、筒石監督に大抜擢されたのだ。

撮影前だというのに、雑誌か何かのカメラマンがカシャカシャと二人を撮りまくっている。

スターになるのを約束されたかのような扱いだ。

今から出番なのに、誰も俺たちのことなんて見ていない。透明人間の気分もいい加減慣れてきた。

テストが始まった。テストでは役者がシーンを演じ、それを基準にカメラのアングルやカット割り、ライティングを決めていく。

「テスト！」

助監督の滝が声を張り上げ、現場に緊張が走る。

しばしの沈黙のあと、筒石監督が拡声器で指示を出す。

「ここはオープニングの肝だからな！」

「はい！」

「気合入れろよ！」

「はい！」

スタッフたちが一斉に反応する。まるで軍隊だ。

「よーい、スタート！」

京都のお土産の袋を持った深海りんと友達役の女優が、仲良くお喋りをしながらバスに乗ろうとする。セーラー服の深海りんは少女漫画からヒロインがそのまま飛び出してきたような異次元の可愛さである。

火野が深海りんたちの前に立ちはだかり、バスに乗ろうとするのを邪魔する。女子たちが横に逃げようとするのを俺とビーバー藤森がガードし、不穏な空気を作る。

「何よ？　あんたら」

深海りんの友達役が睨みつける。

深海りんのオーラで気づかなかったが友達役の女優もかなりの美人だ。深海りんのキラキラした可愛さではなく、少し陰があって眼力《めぢから》が強い。小柄な深海りんと比べて身長が高く、スラリと手足が伸び、スタイル抜群だ。

「どいて！」

たったこれだけで、関西の気の強い女の子を表現できている。

次は火野の台詞だ。強面でニヤけ、ふざけた口調で声をかける。

「めんそーれ！」

「カットだ！」

筒石監督がテストを途中で止めた。語尾の強さでブチ切れているのがわかる。

火野の肩がギクリと強張った。やんちゃな不良の顔が、一瞬で怯《おび》えた子犬になる。

「何だ、その芝居は！」

「は、はい？」

「声がデカいんだよ！　馬鹿野郎！」

「……え？」

「歌舞伎じゃねえんだぞ！　そんな喋り方の奴がどこにいるんだよ！」

「す、すいません」

たしかに思いっきり腹式呼吸だった。舞台での演技のクセが出てしまったのだ。

「もう一回！」

「テスト！」

助監督の滝がまた声を張り上げる。阿吽《あうん》の呼吸だが怖い。

「俺はこの映画に懸けてるんだ！」

「はい！」

何十人もいるスタッフたちが即座に反応する。

「邪魔するんじゃねえぞ！　やる気のない奴は帰れ！」

「はい！」

エキストラを入れたら百人以上の人間が俺たちの演技を見ている。映画は演劇と違ってライブではないからいくらでもやり直しが利くと思っていたが大甘だった。

絶対にミスは許されない。制作費も関わっている人間の数も自分たちの公演とは桁が違うのだ。

一気に口の中がカッサカサになった。

「よーい、スタート！」

深海りんと友達役の女優が、さっきとまったく同じ動きでバスに乗ろうとする。

凄い……こんな若い子たちがちゃんとしてる。

普段、アドリブで勝負をしている俺たちは同じ演技を繰り返すトレーニングはしていない。案の定、火野が一回目と全然違うタイミングで入ってきた。しかも、怒られたショックで目が泳ぎ、ビクビクとしている。

「カットだ！　コラッ！」

筒石監督が吠える。

白けた空気が現場に流れる。「誰だ、あんな素人を連れてきたのは」というスタッフたちの心の声が聞こえてきそうだ。

「すいません！」

火野が謝るが、何がダメなのかわかっていないだろう。

「何だ、お前は！　地球で迷子になった宇宙人か！」

「違います！」

深海りんがクスクスと笑っている。友達役の女優は冷めた目で、真っ赤になってテンパっている火野を眺めている。

恥ずかしい……。こっちの耳まで熱くなってきた。

「滝！　八ツ橋だ！」

「はい！」

筒石監督の命令で、助監督の滝が火野に演出をつけ始める。深海りんが持っている修学旅行のお土産の袋から、京都の和菓子の箱を取り出して火野に渡す。

「えっ……これは？」

「食べながらナンパするんだ」

「八ツ橋を……ですか？」

「モノを食べながらだと自然な演技になるんだよ。筒石マジックだ」

「あ……はい」

「できるな？」

「で、できます」

滝助監督の圧と「筒石マジック」というパワーワードに何も言えない。

「テスト！」

三回目。今度は火野が上手く女の子の前に立ちふさがることができた。たしかに買い食いをしていることで不良っぽさが際立っている。

「何よ？　あんたら」友達役の女優が、一回目よりも軽蔑の眼差しを強めて言った。

「どいて！」

演出が変わったところは、それに合わせて演技プランも変えてくる。深海りんの陰に隠れてはいたが、この女優、若いのに只者ではない。

さあ、火野の台詞だ。今度こそ、決めてくれ。

「めんそーれ。ケホッ」

「カット‼」筒石監督の拡声器が割れるほどの音を鳴らす。「何で咳をするんだ‼」

「すいません！　ケホ、ケホッ」

八ツ橋の粉が喉に入ったのだ。さすがに火野が可哀想になってきた。

「どうしてできないんだよ！」

拡声器を投げ捨て、筒石監督が大股でこっちにやって来た。大阪時代、経営していたバーで遭遇してきたどのヤクザよりも恐ろしい。

「貸せ！」

筒石監督が火野の手から箱を取り上げ、勢いよく八ツ橋を口に放り込む。自ら見本として演じてくれるのだ。

この人は、どこまで真剣なんだ……。

名もない俺たちのたった一つの台詞ですら疎かにしない。言動は乱暴だが、映画への愛はヒシヒシと伝わってくる。

だから、どれだけ厳しくてもこれだけの数の人間がついてくるのだ。その点、俺は大阪時代、劇団を作ってから何人もの劇団員が辞めていった。リーダー失格の烙印を押された気分だった。

撮影に参加できる日数は少ないが、思う存分、勉強させてもらおう。

エキストラとスタッフたちが熱い視線を筒石監督に送る。監督直々の演技を見ることができるのだ。

筒石監督もその期待に応えようと八ツ橋を二つ、三つと口に入れていく。

監督……さすがにそれは食べ過ぎでは……。

しかし、誰も止められない。五つ目の八ツ橋を食べて、筒石監督が沖縄弁の台詞を言おうとした。

「めんそ……ゴハッ！」

吐き出された八ツ橋がアスファルトにビチャリと落ちる。

「ゴホッ！　カハッ！」

うずくまって苦しそうに咳き込む筒井監督に全員が笑うのを堪え、プルプルと震えている。俺は自分の太腿《ふともも》を思いっきり抓《つね》った。

「監督！　超ウケるんですけど！」

友達役の女優は腹を抱えて言った。

「今のは……なし……」

場が和み、大爆笑に包まれる。重い緊張感から解き放たれた。この空気を作ったのは紛れもなく、友達役の女優だ。

ほんまに何者やねん、この女？

俺は笑えず、背中に氷をぶち込まれたようだった。

6

約三日間の俺たちの撮影が終わった。

出番は少ないのに、拘束時間が長かったのには訳がある。俺たちが深海りんが演じる女子高生をナンパしたあと、彼氏役である主演の酒井遥輝が俺に飛び蹴りを食らわし、それをきっかけに駐車場で不良グループ同士の大乱闘が巻き起こるのだ。

チームＫＧＢの三人は序盤で失神して実質的には出番はないのだが、乱闘騒ぎの間はずっとアスファルトにぶっ倒れていなければならない。

つまり丸三日間も朝から晩まで身動きできず、寝転がっていたのだ。

タイ焼きとちゃうねんぞ！

夏前とはいえ、直射日光を浴びすぎて顔面が真っ赤に焼けて、唇が辛子明太子みたいに腫れ上がってしまった。

しかも、ギャラが泣きたくなるぐらい安かった。台詞がないエキストラと同じ列に並ばされて手渡しで貰った。

三日間で五千円。

時給にしたら駄菓子も買えない。何より他のエキストラと同じ扱いなのがムカついた。

「お疲れ様です」

演出部の青木がギャラの封筒を渡しながら俺たちに言った。

「ありがとうございます。またよろしくお願いします」

「よかったね。筒石監督が君たちのこと気に入ってたよ」

「えっ……」

撮影中、筒石監督は俺たちをボロクソに罵《のの》っていた。ダメ出しみたいな生易しいものではなく完全な人格攻撃だった。『ボケ！　学芸会か！』『カメラを意識するんじゃねえ！　素人かよ！』『もっと沖縄の顔を作るんだ！』などと連発され、完全に嫌われていると思っていた。

「君たちの役は主人公にやられる役だろ？　リアルに怯えている顔を引き出すために監督はわざと追い込んだんだよ」

「……ホンマですか？」

「筒石マジックだよ」

青木が得意げにウインクした。


「座長……映画の現場って毎回こんな感じなんっすかね」

帰りのロケバスの中、火野が虚ろな目で呟いた。

「わからんけど……そうちゃうかな」

「オレ、役者を続けていく自信がないっす」

そう思うのも仕方がない。火野は普段からヘラヘラしているくせに、ナイーブでかなり打たれ弱いのだ。ビーバー藤森の方がまだ神経が図太い。今もロケバスに揺られながら口を開けて爆睡している。

「なあなあ、自分、どこの事務所なん？」

いきなり、後ろの席にいたエキストラの一人が声をかけてきた。

「えっ？　入ってへんけど」

「へえ。フリーなんや」

明らかに年下のくせにやたらと馴れ馴れしく挑戦的だ。たぶん、俺たちに台詞があったのが気に食わなかったのだろう。カチンと来たが、ここは余裕を見せないと舐められる。

「劇団やってるねん」

「何て劇団？」

「チームKGBっていうんやけど」

「へえ。知らんわ」

「今は東京やから……」

こめかみの血管がドクドクと脈打つ。

見とけよ。お前が軽口叩けへんほど有名になったるからな。

「東京で公演打ったん？」

「今度、新宿の劇場でやる予定。新作を書いてるねん」

馬鹿正直に《新宿ゴールデン街劇場》の大きさを言ったりはしない。

「書いてる？」

年下のエキストラの顔色が変わった。

「うん。俺、脚本家もやってるから」

「あ、そうなんですか。すいません。東京行くタイミングがあったらよろしくお願いします」

敬語になって愛想笑いでペコペコと頭を下げる。

何や、これ?

俺はハッとなり、台本をめくった。監督の次に脚本家の名前が書かれている。

そして、ロケバスにギュウギュウに詰められたエキストラたち……。役者はこれだけ多いが、脚本家は一人なのだ。

もしかしたら劇団より脚本で売れた方が早いんちゃうか?

希少価値。当たり前過ぎて見えなかったことにやっと気づいた瞬間だった。


一ヶ月後、《新宿ゴールデン街劇場》でチームKGBの公演を打った。

東京で、一発目の芝居だ。路上ではなく、照明も音響もついている。当然、チケット料金も発生する。何の言い訳もできない、ガチの勝負である。

新作で挑んだ。三人の男女が誘拐をして、身代金を分ける話だ。あえて、俺は脚本と演出に専念して出演はしなかった。

ストーリーも大阪時代とは変えた。ギャグをほとんど無くし、サスペンス要素を強くした。ワンシチュエーションで、クエンティン・タランティーノの『レザボア・ドッグス』を思いっきり意識し、お客さんを喜ばせるより自分が納得できるものを作った。

大阪ではお客さんを絶対に笑わせなければならない。

極端に言うと、どんなに素晴らしい物語でもそこに笑いのエッセンスが豊富にないと満足してもらえないのだ。例えば、バンドの場合はメチャクチャいい曲を演奏してもＭＣでコテコテの笑いを入れてしまう。客が笑ってくれなければ不安になるのだ。

しかし、ここは東京だ。

初めて、原宿の路上でやったときにびっくりするぐらい手応えがなかった。大阪ではバカウケしたヤクザのパフォーマンスが思い切りドン引きされてしまった。だから、原宿から秋葉原に場所を移し、外国人観光客のニーズに合わせてネタを作り直したというわけだ。

《新宿ゴールデン街劇場》でやった新作のタイトルは『ヤマワケ』だった。

客は少なかった。週末に五回公演をやって一番酷い回は十人もいなかったが、今まではとは違う感覚があった。

俺はすべての本番を客席の後ろで見ていて、千秋楽のときには芝居が終わったあとに感想が聞こえてきた。

「カッコよかったねー」

正直言って、驚いた。関西では「おもろい」と言われたことは数あれど、カッコよさを褒められたことなどなかった。

……おもろくなくてもいいのか？

関西でエンターテイメントを作ってきた人間からすれば信じられない。でも、事実なのだ。

よく考えれば、東京は全国から人が集まって来ている。それこそ、北海道から沖縄まで、だ。その分、笑いも平均点を狙わなければならない。

だったら、無理をせずに笑いを入れない。これが俺の結論だった。

「座長、ちょっといいですか」

劇場の前でお客さんの見送りをしているときに、ビーバー藤森が訊いてきた。

「ん？　どしたん？」

「バイト先のバーで可愛がってもらってる松下《まつした》さんです」

「初めまして！　お芝居、最高でした！」

不自然なぐらい日焼けした男が出てきた。ビーバー藤森が人を紹介するのは珍しい。

「ありがとうございます」

「僕、こういう会社をやってまして」

松下が名刺を出してくる。横文字が並んでどういう会社かよくわからない。

「松下さんはIT系でアプリとかを開発してるんです」

ビーバー藤森もよくわかってないらしい。

「木村さん、グルメライターに興味はありますか?」

「グルメですか?」

「はい。SNSでグルメに特化したアカウントを作っちゃおうかと思ってまして」

「俺でいいんですか?」

「はい。食べ物に関することなら何でもかまいませんので、木村さんのセンスで自由にバンバン書いちゃってください」

松下のノリが妙に軽いのが気にはなるが、一応、少額とはいえ原稿料を貰えるということなのでアルバイト代わりに受けることにした。

「座長、これがグルメ取材っすか……」

火野が不満を隠さず、不貞腐《ふてくさ》れた顔で言った。

「そうや」

渋谷、ハチ公前。俺と火野、赤星は、ヤクザの衣装で並んで立っていた。しかも、全員、手に割り箸を持っている。

通行人たちはチラチラとこちらを見るが、ビーバー藤森がスマホで撮影しているので、そこまで気にしている様子はない。この界隈はユーチューバーもどきが珍しくないのだ。

「何を食べるんすか」

「わからん」

「はい？」

「運次第や」

「意味がわからないっす」

「お前ら、『わらしべ長者』って昔ばなし知ってるやろ？」

「はい……藁から物々交換していって大金持ちになる話っすよね」

「俺たちは割り箸から始める」

俺のアイデアに三人が顔を見合わせた。俺が言い出したら絶対にやるとわかっているので全員顔が引き攣っている。

「ご飯になるとは限らないじゃないですか」

「そうや。食べ物に当たるまで、毎日、昼飯は禁止や」

「毎日……ホンマにやるんすか?」

「おう。ロックやろ?」

ロックでも何でもないのは自分が一番わかっている。ユーチューバーたちはもっと過激だ。

俺たちの戦う場所はここではない。でも、やるしかない。

割り箸を握りしめ、俺は渋谷のスクランブル交差点の雑踏を睨みつけた。


〝割り箸長者〟企画は、思いの外うまくいった。

俺たちのことをユーチューバーと勘違いした人たちが協力してくれて、予想よりも物々交換が進んだのだ。

初日の〝割り箸長者〟の成果はこうだった。

まずは、割り箸からボールペンになり、ボールペンからガムになった。女子高生のコンビが企画を面白がってくれたのだ。まさか、二つ目で食べ物になると思わなかった。ただ、すぐに食べられないのが物々交換の辛いところである。

次も順調にいった。ガムからライター、栓抜き型のキーホルダー、小説の単行本、伊達《だて》メガネ、腕時計、スマホの充電器。そして、充電器がラーメンになった。

「煮干しラーメンっておいしいんですね」

偏食気味の赤星が、珍しく舌鼓を打っている。

夕方。俺たちは渋谷の駅裏にあるラーメン屋のカウンターに並んで麺をすすっていた。

「ラーメンは東京の方が上やな」

「お蕎麦も大阪よりおいしいと思います」

そのかわり、うどんはダメだ。汁が塩辛くて飲めたものじゃない。関西は出汁《だし》の文化で関東はつけ汁の文化の差だろう。

「みんな、優しかったなあ」

赤星の隣のビーバーがウットリと言った。

「まさか、最後にラーメン代を貰えるとは思わんかったな」

スマホの充電器は二十代のＯＬが「壊れかけてるのでよければ……」と交換してくれ、その充電器を四十代のサラリーマンが「これでラーメンでも食べてよ」と五千円札と交換してくれたのだ。

「あのサラリーマンの人、昔バンドやってたみたいです」

ビーバー藤森が、チャーシューを得意げに頰張る。

「何で知ってんの？」

「別れ際に僕だけに教えてくれました」

「そうなんや……」

この東京には夢を追いかけている人間だけではなく、夢破れた人間も星の数ほどいるのだ。

俺は方南町に戻り、ファミレスの一番奥の席で千春のノートパソコンを開いた。

『腹ペコ極道日記』

松下に頼まれたグルメ記事のタイトルだ。これから毎日、連載することになる。そのために、割り箸を持って渋谷の交差点で立ち続けたのだ。

原稿料は悲しいぐらい安いが、少しでも家賃の足しになればいい。

千春はまだ仕事から帰ってきていない。妊婦を放ったらかしにして何をやってるんだろう。

俺はヌルくなったホットコーヒーを喉に流し込み、ノートパソコンのキーボードを打ち始めた。

7

東京に来て半年が経った。

劇団はまったく売れないままで、生活も何も変わっていない。それでも俺たちは毎日、渋谷や新宿の駅前で立ち続けた。

千春の腹もデカくなり、俺はかなり追い込まれていた。

ヤクザのコスプレで割り箸を持って人様から飯を恵んでもらっている男が父親になる資格があるのだろうか。

……あるわけない。

それでも、千春は俺に「働け」とは言わなかった。千春も意地になっている。千春がパンクするのが先か、俺が売れるのが先か。まさに人生のチキンレースだ。

『来週のどこかで少し時間もらえるかな?』

いつもはメールでやり取りをしている松下から珍しく電話があった。別に仲良くはなっていないが、この数ヶ月間で松下は俺に対して敬語からタメ口になった。

「夕方ならいつでも大丈夫ですけど……」

〝割り箸長者〟のコツがわかってきて、最近は午後六時を過ぎるのは稀だった。

『じゃあ、早い方がいいから月曜日にしよう。紹介したい人がいるんだ。出版社の人なんだけど』

「出版社？　何でまた……」

『「腹ペコ極道日記」を本にしたいんだってさ』

そんな、アホな。

世の中、そんなにうまい話が転がっているはずがない。俺は、打ち合わせの当日が来るまで詐欺を疑っていた。

「初めまして。文灯社《ぶんとうしゃ》の瀬川《せがわ》です」

原宿のカフェで、名刺を渡してきたのは和菓子屋にいそうな雰囲気の女性だった。三十代でやたらニコニコしている。文灯社は読書好きなら誰でも知っている大手の出版社だ。もっとバリバリやり手っぽい編集者が来ると思っていたので肩透かしを食らった気分だ。

「木村です。よろしくお願いします」

「『腹ペコ極道日記』読みました！　とても独創的で面白かったです！」

「ありがとうございます……」

独創的で当たり前だ。あんなアホなことは誰もやらない。

「割り箸が原付バイクにまでなったこともあるんですよね？」

「まあ、廃車寸前のボロボロですけど」

「割り箸のアイデアは誰が考えたんですか？」

「俺です」

「文章も木村さんが一人で書いたんですか？」

「そうです」

「凄い！　半年間、一日も休まないなんて中々できることではないですよ！」

……褒め殺し？　瀬川はニコニコしているが、目が笑ってないように見える。

「あの……マジで本になるんですか？」

「はい！　素敵なビジネス書にしたいです！」

「ビジネス……ですか？」

「売れない劇団が逆境に立ち向かう姿は、ビジネスシーンを勝ち抜くための色んなヒントがあると思うんですよ。ねえ、松下さん」

「最高。僕なら即買いします」

俺の隣の松下が軽いトーンで親指を立てる。

「もちろん、今のままでは本にならないので加筆と修正を……」

「嫌です」

反射的に口から言葉が出た。

「え？」

瀬川と松下が同時に訊き返す。

「ビジネス本は出しません」

「木村君……どしたの？　せっかくのチャンスじゃん」

俺は松下を無視して続けた。

「小説を書かせてください」

「はい？」

顔面が引き攣っている松下と違い、瀬川はまだ笑顔をキープしている。

「おもろいネタを持ってるんです」

「それはストーリーってことですか？」

俺は深く頷いた。

こんなチャンスは滅多に訪れない。目の前に、大手出版社の編集者がいるのだ。

「深夜に男がエレベーターに閉じ込められる話です。しかも、そこは浮気相手の女のマンションのエレベーターなんです」

「ほう……」

瀬川の目が鋭く光ったような気がした。

「さらに最悪なことに主人公の奥さんは妊娠していて、急に産気づいたと連絡があったんです。自宅に戻ろうとしたときにエレベーターが止まったんです」

俺は脳みそをフル回転させた。エレベーターのネタはチームKGBの芝居で何度もやっている。

「ほんで、主人公と一緒にエレベーターに閉じ込められたのは三人の男女です。普通にマンションの住人かと思いきや、彼らは誰にも言えない秘密を持っていて、エレベーターの中で順番に告白が始まるんです」

「実に面白いですね」瀬川はもう笑ってはいなかった。「一ヶ月で書いてください。もし、一ヶ月でエレベーターの小説が書けて面白ければ出版します。面白くなかったり、一ヶ月で書けなかった場合は、予定していた『腹ペコ極道日記』でいきます」

「……わかりました」

自分で書いておいて何だが、『腹ペコ極道日記』が本屋の棚に並ぶのは嫌だ。SNSで悪目立ちするのとは訳が違う。

俺の作品が世に出るチャンスなのだ。どんな条件であろうとも小説を完成させなくてはならない。


「それ、騙《だま》されてへん？」

方南町駅前のファミレス。千春が膨らんだ腹を摩《さす》りながら言った。

「最初は俺もそう思ったよ。でも、ちゃんとした編集者やった」

「なら良かったけど、ほんまに書けるの？」

千春が冷めた目でテーブルのノートパソコンを見る。

「書くしかないやろ」

「そもそも、一ヶ月で書けるもんなん？」

「わからん」

「プロの作家さんって一冊どれくらいで書き上げるんやろ？」

「わからん」

小説家の世界は何も知らない。勢いだけで書くと宣言したことを早くも後悔してきた。

「なあ、エレベーターの中だけで小説が成立すると思う?」

「舞台の脚本を直すんやろ?」

「そうやねん……」

このエレベーターの作品は、役者が四人しかいない、経費がなくてセットが作れないという弱小劇団の悲しい事情によって生まれた苦肉の策の物語である。

「原稿料は?」

「えっ?」

「だって、イチから書くんやろ? 普通やったらギャラ出るんちゃうの?」

千春がもう一度自分の腹を撫でる。さすが母は強しだ。


『原稿料は出ないですね』

スマホの向こうで、瀬川が朗らかな声で言った。

「でも、小説はイチから書くわけですし……」

『今回、我が社は松下さんの会社と契約してますので、木村さんに原稿料を支払う義務はありません』

「はあ……」

ここまでハッキリと言われるのだからそうなのだろう。

『納得いかないのであれば、松下さんとお話をしてみるのがいいと思います』

「……わかりました」

瀬川との電話のあと、すぐに松下に電話をかけたが、『小説を書くっていうのは木村君が勝手に言い出したことじゃん』とあっけなく原稿料の支払いを拒否された。

これでノーギャラが確定した。

それから一週間、俺はパソコンと睨めっこをしながら過ごした。

小説の書き方をネットで調べたり、古本屋で『小説講座』のような本を買ってきたりしたが、みんな言っていることがバラバラで余計にわからなくなる。しっかり練り込んだプロットを作った方がいいと力説する人もいれば、指に任せて書き殴ればいいと乱暴なアドバイスもあった。

このままでは瀬川と約束した締切日にはとてもじゃないが間に合わない。

切り替えて書き方を見直すことにした。舞台で使った脚本はすでにある。あとはこれを小説風にすればいい話なのだ。

俺は図書館に行き、二人のベストセラー作家の代表作を一冊ずつ借りてきた。一人は中高生に絶大な人気があるホラー作家、もう一人はおしゃれなサスペンスを得意として、何本も映画化されている作家だ。

さっそく方南町のファミレスに戻り、原稿用紙の両脇にホラー作家とおしゃれサスペンス作家の文庫本を置く。

二人の本は読んだことはある。ホラー作家の作品は、設定はゲームみたいで面白いがあまりにも内容がペラペラで文章も酷い。それなのに、信じられないぐらい売れまくっている。おしゃれサスペンス作家はストーリーに捻りがあり、登場人物は魅力的だが、とにかく文章が臭い。あらゆる台詞に「オレの小説、カッコいいだろ」が滲《にじ》み出て受け付けなかった。

二冊とも俺の好みではない。ただ、読書をしない人間でも知っているほどの有名作家だ。きっと印税で家の一軒や二軒は建っているだろう。

俺は専門家ではないから二人がなぜ売れているのかはわからない。でも、読者の心を摑む何かがあるから売れているのだ。

大阪時代、飲食業界の先輩がいた。デリバリーのタコ焼き屋から風俗王となった伝説的な人物である。

「流行った店からパクれ。アイデアは誰も教えてくれへん。盗むもんや。まんま真似しようとしても己の癖で勝手にオリジナルになる」

先輩の口癖だ。先輩はプライドがないのかと思うぐらい、パクりまくって商売にするのが抜群に上手かった。

小説だって同じはずだ。家の電気が止められたのに、文章にプライドを持っている場合ではない。

意地でも小説家としてデビューしてやる。こんな棚から牡丹餅なチャンスを逃したらアホだ。もし、俺の本が書店に並んだら堂々と『腹ペコ極道日記』をやめてやる。

それから、俺は朝から晩まで書き続けた。ファミレスではノートパソコンの充電ができないので原稿用紙に書き、その下書きを千春が仕事を終えてから家のパソコンで清書してくれた。

金がないのでファミレスで飯は食えない。フリードリンクのコーヒーをガブ飲みして空腹を紛らわせて書いた。手首が痛くなろうが目が霞もうが頭が割れそうになろうが構わずに書きまくった。

千春が清書できた分を瀬川に送ったが、一向に返事がなかった。たぶん、読んでいない。ムカついたけれど催促する勇気もない。書いている途中にボロクソの感想を言われたら心がボキボキに折れて筆が止まってしまう。

執筆がこんなにも辛いものだとは思わなかった。

今までチームKGBの台本は何本も書いてきたが質と量が違う。大げさではなく、地獄だった。

芥川龍之介や太宰治が自殺したことが疑問だった。才能があって知名度があるのにどうして死ななければいけなかったのだろうかと。

今なら、少しわかる。

原稿用紙にガリガリと向き合うことに人生を懸ければ、誰だって正気を失うと思う。

俺は追い詰められ、千春に当たり散らした。「清書が遅い」とか「冷蔵庫に食べるものがない」とか何かと理由をつけて文句を垂れた。

最低だと自分でもわかっている。だけど、甘えられる人間が他にいなかった。

「めっちゃ、おもろいよ」

千春がノートパソコンで清書をする度に褒めてくれても素直に喜べない。自信がないから、俺を慰めているだけだと勘繰ってしまう。

そして、たとえ完成しても金は一円も入ってこないのだ。

何のために、書いてるねん？

もちろん……映画監督になるためだ。

ガラガラのファミレスの隅で、そう答える気力は僅《わず》かしか残っていなかった。

小説が書き上がった。

締切日に間に合った安堵《あんど》の気持ちより、瀬川が返事をくれないイライラが勝ってしまう。

「どうなってんねん……」

「瀬川さんも忙しいんちゃう？　一流の編集者やもん」

「一流が何でこんなに人を待たすねん」

俺よりも瀬川を庇《かば》う千春にまた当たる。

「読んだらすぐに返事くれるって」

「どうせ、おもんなかったんや……」

「大丈夫。絶対におもろいから」

「アカン。耐えられへん」

プレッシャーに負けて、つい、禁酒の誓いを破りそうになる。

ビールと日本酒と焼酎とウイスキーを浴びるほど飲んでぶっ倒れたい。

「あいつらを見返すんやろ」

千春は俺のツボを心得ている。歯を食いしばるしかない。

あれだけ好きだった酒をやめたのは、大阪時代に俺や劇団をコケにしてきた連中への復讐のためだ。

ぶっちぎりに売れてやる。夢を叶えて見下ろしてやる。

東京でどんな目に遭おうとフラフラになろうと、あいつらの顔を思い出せば足を踏ん張っていられる。


三週間後。家の郵便受けに、文灯社の茶封筒が入っていた。

中身は俺の小説の契約書だった。

次の日、瀬川がやって来て、開口一番に言った。

「傑作です！　我が社と契約してください！」

「え……あの……」

「もちろん、原稿料はお支払いしますね」

瀬川の会心の笑みが、逆に恐ろしかった。

第二幕

1

「新作、めっちゃ楽しみにしてました！」

行列のトップに並んでいた女子中学生がキラキラした目で文庫本を差し出してきた。

「ありがとう」

俺はスラスラとサインを書き、ニッコリと微笑んだ。慣れたものだなと自分でも思う。上京して、三年の月日が経った。最初のうちにあった気恥ずかしさはどこにいったのだろうか。

「家族のみんなが木村善太先生のファンです」

「ほんまに？　嬉しいなあ」

さすがにまだ先生と呼ばれると照れてしまう。

「お姉ちゃんに『地獄のエレベーター』勧められたんです！　読書が苦手だったのに木村先生の本はスラスラ読めました！」

『地獄のエレベーター』は俺の処女作だ。

俺からするとありえないタイトルだった。担当編集者の瀬川が「怖そうでワクワクするじゃないですか」と即決した。自分が納得できるカッコよさげなタイトル案をいくつか投げてみたが、「わかりにくいです」と却下されたのだ。

地獄って……。

初めて自分の書いた小説ができあがったのを見たとき、嬉しいよりも恥ずかしさで耳まで熱くなった。

ただ、その『地獄のエレベーター』が売れた。何で火が点《つ》いたのかはわからないが、初版五千部から、あっというまに五万部を超えた。

先週、出版された第二作は主人公とヒロインが観覧車に閉じ込められる『地獄の観覧車』である。このタイトルも「地獄シリーズでいきましょう！　覚えやすい！」と瀬川が決めた。

今日は、木村善太《ぜんた》の出版記念イベントのサイン会だ。

善太というペンネームは自分で決めた。本名でいこうか悩んだが、直感で名前を変えたほうがいいと思ったのだ。

「『地獄のエレベーター』の映画化もおめでとうございます！」女子中学生がさらに

目を輝かせる。「りんちゃんも大好きなんでめっちゃ楽しみです！」

一度、共演した深海りんが、俺の小説が原作の映画に出るとは夢にも思ってなかった。チームＫＧＢも出演が決まったが台詞のない通行人役だ。

監督は俺ではない。テレビドラマやＣＭを手がけているディレクターだ。

「俺も楽しみやわ」

俺は女子中学生と握手をして、もう一度微笑んだ。


「善太さん、おめでとうございます。また増刷が決定しましたね」

瀬川が嬉しそうに白ワインのグラスを挙げた。

「ありがとうございます」

青山にあるイタリアン。小説の新作と前作の映画化のお祝いで瀬川に誘われた。ここに来るのは二回目だ。東北の野菜や魚介類を使うのが特徴の店で、前菜からパスタまで何でも旨い。本店は宮城県の仙台にあるそうだ。

「本当に凄いですよ。快進撃ですね」

褒められるとくすぐったい。自然と鼻の穴が膨らんでしまう。

「まだ七万部ですから」

「何言ってるんですか。デビュー作でこの数字は素晴らしいことです。大抵の本は初版を刷っただけで終わりますよ」

「そうなんですね」

「小説だけで食べられるようになる人は全体の五パーセントなんですよ」

「ってことは残り九五パーセントの作家は……」

「別のお仕事をしています」

瀬川が、季節の白身魚のカルパッチョを口に放り込みながら言った。

「どこの世界も厳しいですね」

処女作の『地獄のエレベーター』の出版日、俺と千春は一歳にもならない息子をベビーカーに乗せて新宿の大型書店に行った。自分の書いた本が並んでいるのをこの目で確認するまでは作家になったことを信じられなかったのだ。

俺の本が平積みにされていた。

付けたばかりの木村善太というペンネームのせいで実感が全然湧かなかったが、千春は俺の胸に顔を埋めて「良かったね」と泣いてくれた。

映画化の話が来たときは、俺が有頂天になった。

やっと映画監督になる夢が叶う。そう思った次の瞬間、スマホの向こうの瀬川の言葉で奈落の底に落とされた。

監督は才能がある方ですよ。嬉しいですね。

……俺じゃないのか。

東京の誰もまだ、俺の夢なんて知らないし、どうでもいいのだ。

「善太さんは選ばれし人間なんですよ。だから、これからもたくさん書いてくださいね」

瀬川が運ばれてきた牡蠣《かき》のパスタにはしゃいだあと言った。

「ベストセラーって何部を超えたら言われるんですか？」

「そうですね。二十万部ぐらいですかね」

「ベストセラーが出せるまで頑張ります」

「頼もしいです」瀬川が口の端を曲げた。「本当に二十万部を超えたら、人生が激変しますよ」

小説の出版と同じぐらい、いや、それ以上の出来事が息子の誕生だった。

俺は地元大阪の病院で千春の出産に立ち会った。正直、ビビりまくっていたが千春の前では精一杯に強がった。

千春には「無理せんでええよ」と言われたが父親になるのだ。堂々としなくてはならない。

千春の陣痛が始まり、俺はずっと病院の待合室で待機していた。とても長い時間だった。何をしていても落ち着かず、俺はベンチで永遠に貧乏ゆすりをしていた。いよいよ生まれるというタイミングになって、俺は看護師に分娩室へ案内された。千春は全身汗だくでいきんでいて、俺が入ってきたことに気づかなかった。

「千春！　頑張れ！」

「うるさい！」

その通りだ。男は何もできない。完全なる無力である。

千春が踏ん張り、とうとう息子が生まれた。というよりは巨大な塊が千春の体内から出てきた。

想像より、遥かにデカくて腰を抜かしそうになった。そんなものが腹に入っていて、どうやって出てきたのか想像もできない。人体の神秘を感じる前に豪快なマジックを見せられた気分だ。

男は女に絶対に勝てない。これまで何度も思ってきたが、今回は打ちのめされた。

執筆がスランプのときに、「産みの苦しみをわかってくれよ」と千春に当たってしまうが二度とその台詞は言えなくなった。本物の出産に比べたら、俺の悩みなんてウンコみたいなものだ。

「ほうら、パパですよ～」

看護師が、千春の上に乗る赤ん坊に語りかける。

「よ、よろしくな」

とりあえず俺は、小さな息子に挨拶をした。


さらに驚いたのが出産に立ち会ったところで父親の実感はまったく湧いてこなかったことだ。千春もそうだったらしい。産まれてすぐは愛情より「やっと終わった」が上回ったようだ。

俺たちはちゃんとした親になれるのだろうか？

自分とは別の命を何年間も育てていかなくてはならない重圧に目眩《めまい》がする。劇団員を育てるのとは訳が違う。

一方で千春の両親は初孫の誕生に大喜びだった。

「じいじでちゅよ～」

特に堅物の千春の父親は俺の息子を抱っこして、湯葉みたいにとろけそうな顔になっていた。

上京する前の俺と千春の両親との関係はあまり良くなかった。可愛い娘を劇団員の嫁にやってしまったのだ。人質に取られたようなものである。

ただ、俺が小説家になるとわかった途端、両親の態度はコロリと変わった。義理の息子の俺を明らかに尊敬の眼差しで見るようになった。

「ところで勇太君、この子の名前は決めたんか？」

「……まだです」

「早く決めてあげな可哀想やがな」

「焦らんでええよ。一生その名前を使うねんから」

千春は至って冷静だ。元からあまり物怖じしない性格だったが、母親になってさらに肝が据わったように思う。

「ハルトはどうや？」

「どんな漢字書くのよ」

「太陽の陽に翔ぶや」

「それで読める？」

「勇太君はどうや？　カッコええやろ。太陽に向かって翔ぶんやぞ」

「そうですね……」

「ほんなら、セイアはどうや」

「どんな漢字?」

千春は早くも面倒臭そうだ。

「青空と書いてセイアや」

「どんだけ空好きなんよ」

「大きい男に育って欲しいねん。なあ、勇太君」

「そうですね……」

どちらもいい名前だとは思うが、俺の息子っぽくはない。

「この子の名前は勇太に決めてもらうの」千春が真剣な目で俺を見た。「頼んだで。この子の人生を左右する問題やねんから」

「そうやな。作家先生の方がセンスいいもんな」

千春の父親が年甲斐もなく口を尖らせる。

責任重大だ。また目眩に襲われそうになる。

「ま、任せとけ。ロックな名前を考えるわ」

「普通でいいから」

千春がピシャリと言った。

息子の名前はあっけなく決まった。

千春の出産が無事に終わって、俺だけ先に東京へ戻ることになった前日、電話がかかってきたのだ。

「親父になったらしいな。おめでとう」

俺が大阪時代にやっていたバー《デ・ニーロ》の経営パートナーのオグやんだった。

「ありがとう。まだ実感ゼロやけどな」

「男の子なんやろ？　名前は？」

「中々、決めきられへんねん。脚本の登場人物の名前を考えるのでもいつもしんどいのに、人間の名前なんて無理やわ」

「悩んでるんやったら、本物紹介しよか？」

「本物？　何の？」

「霊媒師」

「は？」

オグやんの声はふざけてはいなかった。普段はヘラヘラしているが、声のトーンが至って真剣である。

「どれだけ本物なん？」

俺は昔から夢見がちな男だが、霊感うんぬんに関してはまったく信じていない。

「俺の知り合いがその霊媒師さんにみてもらってんけど」

「ふん」

「一週間、仕事休んで遊ぶように言われてんて。お金もケチらずにどんどん使えって」

「ほう。それで？」

「一週間後、その知り合いが死んでん」

「……え？」

オグやんがさらに声を潜めて言った。

「その霊媒師さん、寿命が視《み》えるらしい」

2

東大阪市の布施《ふせ》駅で降りた俺は、散々迷った挙げ句、スナックビルの地下に辿り着いた。

〈みゆき〉と書かれた看板。どこからどう見てもスナックそのものだ。

……こんなところに霊媒師がいるのか？

恐る恐るドアを開けると紫のワンピースを着たおばちゃんがカウンターでタバコを吸っていた。

「いらっしゃい」

「あの……泉沢《いずみさわ》先生は……」

「ウチやで。お電話くれはった木村さん？」

「は、はい」

「適当なとこ座って。麦茶でいい？」

「あ、いただきます」

どこからどう見てもスナックのママだ。

泉沢先生は、瓶ビールのグラスに麦茶を入れ、無造作に俺の前に置いた。

「今日は何の相談をしに来はったん？」

「息子の名前と……仕事です」

「名前と生年月日をここに書いて」

メモ用紙とボールペンを渡される。

「仕事ではペンネームを使ってるんですけど」

「漫画家さん？」

「いえ、作家です」

「ほな、本名の横に書いてちょうだい」

「わかりました」

会話のテンポが異様に早い。カウンター越しに卓球をしているようである。

「木村勇太が本名？」

泉沢先生が目を細めてメモを読む。

「はい。作家の方が木村善太です」

「どんな本書いてるの？」

「今度、初めて書いた小説が出るんですけど……エレベーターに男が閉じ込められるサスペンスです」

「この名前にして良かったね」

泉沢先生の目が急に変わった。狐みたいに尖った目で俺を見る。いや、正しくは俺の肩の後ろを覗いていた。

「う、売れますか?」

「勇太やったら、まったくあかんかったよ」

名前だけでそんなに変わるものだろうか?

泉沢先生がまたじっと俺の背後を見る。

「お父さんは甘党やった?」

「はい?」

「おはぎが欲しい言うてるけど……」

背筋が寒くなった。まだ名前と生年月日しか教えていないのだ。

「なんで……オトンが亡くなっていることがわかったんですか?」

「アンタの後ろに立ってはるからね」

俺は振り返った。もちろん、何も見えない。だが、気のせいか懐かしい感じが込み上げる。

俺が小学校高学年のとき、父親が飛行機事故で死んだ。新聞社に勤めるパイロットだった。事件や災害が起きた際に、記者やカメラマンをヘリやセスナで現場まで運ぶのが仕事だ。

その日は夏で、俺は小学校のプールの授業を受けていた。「木村、今すぐ家に帰れ」と担任に言われ、学校前の坂道を降りながら、幼心に嫌なことが起こったと確信した。

「オトンは甘党ではないですけど……おばあちゃんの作るおはぎは大好きでよく作ってもらって旨そうに食べてました」

「それやわ。早くお墓にお供えしてあげ」

「はい……」

「ほんで、小説やけど。ビックリするぐらい売れるよ」

「え？　本当ですか？」

オトンのことを言い当てられた後なので、すんなりと信じてしまう。

「四十歳から四十五歳の間に確変《かくへん》が来て、もっと売れるね」

確変って……パチンコではないか。

「売れるって、どれぐらい……」

「ビルの二つや三つは建つよ」

「ホンマに⁉」

「でも、気をつけなあかんのは、三十五歳を超えてから色んな女がアンタに近づいてくる。その女たちと一発エッチしたら、アンタの寿命が四十日縮むで」

「えっ……」

一発四十日……。何だ、その呪いみたいなヤツは。ただ、泉沢先生が言うと真実味が半端ないのが恐ろしい。

「ま、アゲマンやったら大丈夫やけどな」

「気をつけます……」

「あと、アンタの周りに仕事を手伝ってる子たちがおるやろ？」

「劇団をやってるんです」

「それやわ。三、四人やね」

そこまでわかるのか？　すべてが見透かされてしまっているではないか。

「劇団員がどうしたんですか？」

泉沢先生が、俺の背後ではなく、俺自身と目を合わせた。

「これだけは言うといたるわ。その子らはまったく売れへんよ」


『木村……小次郎《こじろう》？』

スマホの向こうで、千春が首を捻ったのがわかった。

「どう？」

　俺は新大阪のホームで東京行きの新幹線を待ちながら電話をかけていた。泉沢先生に相談をして息子の名前を決めたのだ。

『小次郎って……古風過ぎへん？』

「逆に覚えてもらいやすいやろ」

『そうやけど……泉沢先生は何ておっしゃってたん？』

「この名前やと人に愛されて、健康で過ごせて、お金に困ることないねんて」

『最強やん』

「凄いやろ？」

『でも、それやったら武蔵《むさし》の方がええんちゃう？　小次郎は敗けたし……』

「俺もそう思って泉沢先生に訊いたら、木村武蔵やと画数が大凶らしい。ろくでもない人生を送るって」

『マジか……えらいハッキリと言う人やね』

「霊媒師が優柔不断やったら商売にならへんけどな」

『仕事の運勢もみてもらったん？』

「うん。ビルが建つぐらいメチャクチャ売れるらしい」

『ビル⁉』

千春が思わず、噴き出す。

「ほんまやって。泉沢先生が断言してんもん」

もちろん、一発四十日のことは黙っておこう。余計な話をしないことが夫婦円満のコツである。

『良かったね、勇太。将来は私も楽させてもらおうかな』

千春は結婚するまで、俺に金を貸し、劇団の赤字を立て替えてくれた。頭が上がらないレベルの話ではない。

「おう。任せとけ」

占いや霊媒の類なんて一ミリも信じていなかったのに、我ながら都合がいい。

『小次郎ちゃん。可愛い名前かもしれへんね』

スマホの向こうで、千春が微笑んだのがわかった。

「奥さんがかわいそう！　浮気相手のマンションのエレベーターに閉じ込められるなんて！」

ゴスロリのファッションに身を包んだ深海りんが金切り声を上げる。

「カット！」

監督が演技を止め、オッケーを出す。

エレベーターのセットから出た深海りんが素に戻り、マネージャーと控室へとスタスタと下がっていった。表情豊かな演技のときとのギャップが凄い。

小次郎が二歳の誕生日。

俺は調布にあるスタジオに映画『地獄のエレベーター』の撮影見学に来ていた。同行している担当編集の瀬川は朝からニコニコご機嫌だ。

「お昼に入ります！　再開は十四時からです！」

助監督が大声でスタッフに伝える。休憩時間だ。

「木村善太先生、わざわざありがとうございます」

中年の女性のプロデューサーが満面の笑みで近づいてきた。ブランド物のジャケットをビシッと着こなし、気品とプライドが滲み出ている。

「こちらこそ、お招き頂きありがとうございます！」

すかさず、瀬川が答え、名刺交換をする。

「監督とメインキャストに紹介しますね」

「素敵！　嬉しいですね、善太先生！」

「嬉しいです」

俺も二人と同じ種類の笑顔を作った。いつの間にか、この顔にも慣れてきた。

「監督、原作者の木村善太先生です」

プロデューサーに案内されて、モニター前でロケ弁を食べている監督に挨拶をした。

「よろしくお願いします」

俺は、ゴボウがメガネをかけたような監督に頭を下げた。目の下のクマと無精髭が尋常じゃない。

「あ……どうも」

監督が気まずそうに会釈する。

たしかに、原作者が目の前にいるとやり難《にく》いだろう。俺は場を和ますために、いくつか質問をすることにした。

「エレベーターのセット、凄いですね。制作費はいくらぐらいなんですか?」

「わからないです。僕の仕事ではないので……」

「撮影からどれくらいの期間で完成するんですか?」

「それも僕の仕事ではないので……」

「全国の映画館で上映されるんですかね」

「すいません。わかりません」

すべて苦笑いで返された。

素人が何を言ってんだ？

そう言われているような気がして、顔面が熱くなる。小説であれ漫画であれ、映画化のときに原作者が口を出すのはよくあることだ。映画監督からすれば、原作者は目の上のたんこぶなのだろう。

……関係ないわ。俺は映画監督になるために東京に来たんや。

「俺も映画監督を目指してるんで、今後ともよろしくお願いします」

「はあ……よろしくです」

監督だけではなく、プロデューサーと瀬川も困ったような笑顔で俺を見ていた。

「すいません。深海りんさんがどうも体調が良くないみたいで……」

プロデューサーが申し訳なさそうに俺に両手を合わせた。

つまり、原作者であろうと挨拶はしたくないということだ。たった数分も時間を取りたくないというわけか。

三年前、筒石監督の映画で共演したときは、深海りんはまだ初々しかった。筒石監督の映画がヒットし、彼女は数々の映画祭で新人賞を受賞して、一気にスターの階段を駆け上がった。ドラマやバラエティー、ＣＭなど、今やテレビで深海りんを見ない日はない。

「しょうがないですね。撮影、頑張ってくださいってりんちゃんにお伝えください」

瀬川が俺の代わりにフォローを入れる。俺と違って大人だ。社会人として生きている年数が違う。

「また、いつでも遊びに来てください。役者もスタッフも木村善太先生が顔を出してくれたらモチベーションが上がりますので」

プロデューサーの言葉を真に受けるほど、俺はおめでたくはない。

明らかに、役者もスタッフも歓迎ムードではなかった。小説家先生のお遊びとしか思われてないのかもしれない。

「善太先生、楽しかったですね！　帰りますか！」

瀬川は俺の気持ちを知ってか知らずか、にこやかに言った。

「楽しかったです。ありがとうございました」

憧れの映画の現場に、俺の居場所はなかった。

3

何で、こんな人が多いねん……。

俺は渋谷から乗った京王井の頭線の電車の中で、息を止めて苛ついていた。夕方のこの時間はまさにすし詰め状態で、真横にいるおばさんの香水と目の前にいるおじさんの加齢臭がブレンドされて気持ちが悪くなる。

東京の朝のラッシュはこの比ではない。何度か乗ったことがあるが、大げさではなく押し潰されて死を覚悟した。

普段ならこの時間の電車は避けるが、今日は外せない用事があった。

俺は下北沢で降り、駅前にある小劇場へと向かった。

聞いたことのない劇団がやっている公演に赤星マキが客演として出演するのだ。友達の紹介か何かで、その劇団の座長と仲良くなったらしい。

下北沢は言わずと知れた演劇の街で、大小問わず、劇場が立ち並んでいる。

だが、俺はあまりこの街が好きではなかった。上京してすぐに、チームＫＧＢの公演を打つために下北沢の劇場に手当たり次第に連絡をしたのだが、どこからも門前払いを食った苦い経験がある。

向こうから呼ばれるまで絶対に下北沢では芝居はやらへんと意固地な俺は誓った。

赤星が出ていた箱は、地下にあるキャパ百人にも満たないザ・小劇場だった。場内は下水とカビの臭いが残り、席はパイプ椅子だった。

「座長、お疲れ様です」

斜め背後から声をかけられた。ビーバー藤森だった。

「おう。お前も来てたんか？」

「マキちゃんに招待もらったんで」

ビーバー藤森が困ったような顔で笑う。

身内に招待券を配るということは、よほど客が入っていないということだ。

もちろん、誘われた方もそんな芝居を観たいとは思わない。小劇団の動員は付き合いで成り立っているのだ。

「芝居、終わったら飯行こうか」

「はい！　ありがとうございます！」

俺の小説『地獄のエレベーター』はまた重版がかかり、とうとう十万部を突破した。

毎月、口座に見たことのない額が振り込まれるのは嬉しいが、怖い。

小次郎が生まれたことで、引越しをした。

方南町から恵比寿だ。目が飛び出るほどの家賃だが、泉沢先生にみてもらってから俺は考え方を変えた。

成功するのに運は必要だ。

どれだけ才能があっても運がなければ売れないのではなかろうか。最近は、そう強く思うようになってきた。

その証拠にではないが、有名人ほど占いにハマっていたり、ゲンを担いで芸能の神様の神社に通っていたりする。自分の力だけでは上に行けないと知っているからだ。俳優やミュージシャンだけではなく、スポーツマンでもそうだ。プロ野球が好きでよく観ているが、思わぬ怪我でキャリアが大きく変わってしまった選手はたくさんいる。

新しい住居を恵比寿にしたのは理由がある。方南町から引っ越すときに不動産屋のアドバイスに従ったのだ。

「どんな条件のお住まいをお探しですか?」

「都内で、とにかく運が良くなる場所はどこですか?」

質問を質問で返された不動産屋の若い社員は、「しばし、お待ちください」と裏に引っ込み、「お待たせしました」とここの主みたいな白髪の老人を連れて出てきた。

「芸能人が好んで住む場所がいいです」

「なるほど。では、恵比寿か広尾か八雲ですね」

「八雲はどこですか？」

恵比寿と広尾はさすがに知っている。セレブ御用達の街である。

「目黒区ですね。静かでいいところですよ」

どうせなら、誰もが知っている街がいい。

方南町は住みやすいし気に入っているが、劇団員たちがジャージで歩いているのを見てこれはダメだと痛感した。

東京には勝負しに来たのだ。ノンビリしたいのであれば地元に戻ってしろ。

「恵比寿でお願いします」

おかげで、毎月、歯を食いしばりながら家賃を支払っている。


「あ、始まりますね」

下北沢の小劇場の客席の照明が落とされ、〝キンソン〟と呼ばれる音楽のボリュームが上がっていく。キンソンとは〝緊張ソング〟の略で、幕が上がる代わりに芝居のスタートを知らせる曲だ。舞台袖にいる役者がこの曲を聞くと緊張することから名付けられたらしい。もちろん、使う曲は各劇団によって違う。

ちなみに、〝緊張ソング〟という言い方は関西の演劇人しか使わないので、関東の劇場では「はい？」と訊き返される。

冒頭五分で、睡魔に襲われた。

弁当屋のセットで、家族らしい登場人物たちが流れ作業で黙々とおかずを弁当箱に詰めている。

ただ、それだけ。何も起こらない。

マジか……。

過剰なサービス精神を要求される関西のエンタメ育ちの俺からすれば、客がキレて帰ってしまうのではないかとハラハラしてしまう。

案の定、ビーバー藤森は俺の後ろで熟睡中だ。

ようやく登場人物が会話しだしたが、これまた何も事件が起きない。役者たちが腹式呼吸をしていないので、小さい劇場なのに台詞が聞き取りにくいのもかなりストレスだ。

これは演出なんか？　役者の力量不足なんか？

三十分以上経っても物語がどこに向かって進んでいるのかわからなかった。お手上げだ。あとは拷問のような一時間を耐えるのみである。

これでチケット料金は三千五百円。映画よりも遥かに高い。

俺は『地獄のエレベーター』の撮影現場の帰り、タクシーで瀬川とした会話を思い出した。

「勉強になりましたね！」

タクシーの後部座席。隣に座る瀬川がウキウキした声で言った。俺を盛り上げようとしてくれているのがわかる。

たぶん、俺は撮影見学中にずっと浮かない顔をしていたのだろう。瀬川の大人の心遣いが胸に刺さって痛い。

俺はまだまだガキだ。

せっかく、小説家としてデビューできて、しかもその作品が映画になるという順風満帆のスタートを切れたというのに心は晴れなかった。

俺の作品を映画にできる監督が羨ましくて仕方なかった。

どうして、俺は映画化にオッケーを出したのだろう。どうして、脚本を他の人間に書かせたのだろう。

どうして、「俺が監督も脚本もやります！」と我《が》を張らなかったのだろう。

初めて小説を書いたときはあれだけ意地を通したのに、絶好のチャンスに日和《ひよ》ってしまったのだ。

「深海りんちゃん、演技は上手いけどそっけなかったですね」

「彼女はいつもそうみたいですよ。現場に台本を持ってこないほど、お芝居に集中するんですって」

「え……？」

「若いけどプロですよねえ」

俺も役者をやっているからわかる。台本を確認しないと不安だ。

つまり、完璧に台詞が頭に入っているということか？　そうやって、自分自身を追い込んでいるのか？

生意気な小娘だと思っていた深海りんが、ストイックな女優だとわかった。

そして、それだけプロフェッショナルでないと生き残れない世界ということを再確認した。

甘いのは俺のほうやんけ……。

タクシーの外の東京の街から色が消え、灰色に見えた。

一時間の拷問が終わった。

役者たちが舞台に並び、挨拶をする。笑顔はなし。クールを気取っているのか、演じていて面白くなかったのか。

客席から拍手は起こってはいるが、熱はこもっていない。

赤星と目が合う。気まずそうな表情を見るのが辛い。

彼女もこの舞台の脚本や演出が低レベルなのはわかっていたはずだ。それでも出演を決めたのは、東京にいても他にすることがないからだ。

どんな仕事であっても呼ばれたら嬉しい。必要とされたなら、出てしまう。売れない役者の悲しい性《さが》である。

「ビーバー、飯行こか」

俺たちは一番最初に劇場を出た。

二人とも無言で地上に出て店を探す。下北沢の駅前は飲食店が多い。チェーン系から個人経営まで様々な店が揃っている。

「何、食べたい?」

「お好み焼き……ですかね」

ビーバー藤森が遠慮がちに言った。

「わざわざ東京で食べたいか？」

「粉物《こなもの》の禁断症状なんですよ」

「わかる……」

俺もビーバー藤森もホームシックだ。関西の味やノリに飢えている。

東京に住んで三年も経つのに、いつまで経っても慣れない。どうしても、東京に合わせたら負けた気持ちになるのだ。

「ここはどうですか？」

ビーバー藤森が、下北沢の路地裏で〈関西風　たこ焼き〉の看板を見つけた。

「お好み焼きやないけどええんか？」

「おいしくないお好み焼きを食べるなら、おいしいたこ焼きの方がいいです」

たしかに店構えは旨そうだ。たこ焼き屋とバーが合体していて、持ち帰りができるように、店先で焼いている。

大阪のアメ村にでもありそうな店で、ビーバー藤森が言う通り期待できる。

二人でカウンターに座り、店員にドリンクとたこ焼きを注文する。

「熱々でお願いします」

「喜んで！　出来たてをお持ちします！」

金髪にピアス、腕にタトゥーが入った店員が愛想よく答える。恐らくバンドマンのアルバイトだ。

店員は約束通り、出来たてのたこ焼きを皿に盛った。

「たこ焼き食べるの久しぶりです」

ビーバー藤森が嬉しそうにコーラを飲む。

「楽しみやな。お代わりしてもいいぞ」

「ありがとうございます！」

つまらない芝居で滅入っていたが、少しだけ気分が晴れてきた。

俺はウーロン茶を早くも飲み干し、たこ焼きが来る前に二杯目を注文しようとした。

……えっ？

店員がたこ焼きにソースをかけている。そう、ハケで塗るのではなく、冷蔵庫から出したソースをドボドボとかけているのだ。

さすがのビーバー藤森も唖然《あぜん》としている。

カウンターに置かれたたこ焼きからは湯気が消えていた。

「せっかくの焼きたてが……」

「お客さん、どうしました？」

「たこ焼きに冷たいソースはありえないでしょ」

店員の顔から笑顔が消えた。

「ここは東京だよ。文句あるなら大阪に帰ればいいじゃん」


下北沢の帰り道、渋谷で乗り換えた。

スクランブル交差点は相変わらず、蟻の大群の如く人で溢れている。いつも、うんざりする景色だが今は違って見える。

たこ焼き屋の店員の言う通りだ。

この街で生まれ育った人間は少ない。みんな、別の場所から戦いに来ている。

慣れるんじゃなくて、街自体を好きにならなアカン。

世界でもトップクラスの都市に俺は住んで、仕事をしている。その自覚が足りなかった。

関西の旧友たちに、「魂を東京に売ったんか？」と言われるかもしれない。それでもいい。

俺はこれから一家の大黒柱として、千春と小次郎を養わなければいけないのだ。

「よっしゃ。やったるで」

スクランブル交差点を大股で渡りながら、俺は両手で頬を叩いて気合を入れた。

4

「座長、大変っす」

三日後のチームＫＧＢの朝練。スタジオで火野が青い顔で待っていた。

「どうしてん？」

「スカウトが来ました」

「は？」

「芸能事務所のマネージャーから……劇団のメールに連絡が来たんです」

「マジで？」

「マジです」

火野が何度も頷く。ミーハーでテレビの世界に憧れが人一倍強い彼にとっては待ちに待った出来事なのだ。

「どこの事務所？」

「プリティママです」

「……マジか？」

「マジなんです」

プリティママは老舗の芸能事務所だ。大手ほどはタレントは抱えていないが、プリティママのどの俳優も女優もドラマやＣＭの第一線で活躍している。しかも、俺の原作映画『地獄のエレベーター』に出ている深海りんの所属事務所だった。ここまで来ると奇妙な縁を感じてしまう。

ビーバー藤森は事の重大さをいまいち理解しておらず、呆然と俺を見ている。

「早く稽古しましょう」

赤星マキは火野とは真逆の反応で、あえて芸能事務所に興味のない態度を取っている。

「どうするんですか？」

火野が急かすように訊いた。

「とりあえず、マネージャーさんに会ってみないとわからへんやろ」

「やべえ。このメンバー凄えなあ」

火野はスマホでプリティママのホームページを開き、うっとりとした。早くも所属した気持ちになっている。

わからないでもない。上京して三年の役者なら誰だって浮かれてしまうだろう。

「火野さん、そんなに甘い話はないですって」

赤星が挑発するように言った。

「じゃあ、本当にスカウト来ても赤星はプリティママに入らないのかよ」

火野がムキになって返す。

「誰もそんなこと言ってないじゃないですか」

「何だよ、正直に入りたいって言えよ」

「うるさいな！」

赤星が顔を真っ赤にして火野を睨みつける。

「お前ら、やめろ。しょうもない喧嘩するな」

そうは言ったものの、くだらない争いでないことは、ここにいる全員が知っていた。東京に来た以上、結果を出さなければ意味がないのだ。


一週間後。新宿。

アルタのすぐ側にある純喫茶で待ち合わせだ。

俺は三十分前に到着し、二杯目のアイスコーヒーを飲んでいた。遅刻が怖くて、あまりにも早く着きすぎてしまった。

「初めまして。もしかして、お待たせしましたか」

現れたのはプリティママのマネージャーだった。老舗事務所とは思えない低姿勢で、汗だくの顔をハンカチで拭いている。

名刺を貰った。

國英明《くにひであき》と書かれている。

「國……さんですか?」

「そうなんですよお」

スーツ姿で人懐っこい笑顔。丸顔で真っ黒に日焼けしている。芸能マネージャーより、畑仕事が似合いそうだ。

「メール、ありがとうございます。一度、お話がしたいと伺ってますが……」

「そうなんですよお。先月、木村先生の小説を書店で初めてお見かけしまして。軽く立ち読みしたらあまりにも面白くて、そのまま最後まで読んでしまいました」

……買ってくれよ。

もちろん、そんなことは言えない。

「ありがとうございます」

東京で覚えた愛想笑いで対処する。

「回りくどいのは苦手なので、率直に言います。木村さん、ウチの事務所に来てくれませんか？」

来た！

深海りんだけではなく、全国的に有名なスターが揃っている事務所から本当にスカウトが来た。

落ち着け。緊張を悟られるな。

「俺のどこに可能性を感じますか？」

「ズバリ、天才だと思います」

國が真っ直ぐな目で俺を見る。

「いや……そんなことないです」

とりあえず、謙遜してみた。ただ、鼻の穴が膨らんでしまうのは抑えられない。

「私は嘘を言いません」

「……ありがとうございます」

「木村さんはまだ世の中に出ていない天才です。プロのマネージメントを受けるべきですよ」

「それはわかってるんですが、いくつか問題があって……」

「どんな問題ですか？　相談に乗ります」

「俺、映画監督になりたいんです」

「小説家ではなしに？」

「劇団も小説も映画監督になるためです」

「なるほど」

國が目をパチクリさせる。

しまった。プリティママが欲しいのは、小説家の木村善太なのか？

映画監督の夢は、事務所に入って結果を出してから語るべきだったか。

「劇団の奴らもプリティママに入れる……」

「木村さん」國が俺の言葉に被せ、ハッキリと言った。「ウチの事務所に入って欲しいのは木村善太一人だけです」

たしかに、この男は嘘をつかないようだ。

結局、プリティママには俺一人で入ることになった。

チームKGBのメンバーには、「まず俺が入って事務所内での立場を確立してから、お前らを呼ぶな」と伝えたが、火野はわかりやすく落胆を隠さなかった。無意識に舌打ちをしたほどである。

事務所に所属してから一ヶ月ほど経った夏のある日。俺は事務所のパーティーへと招待された。

マネージャーの國からは「身内の集まりなので、カジュアルな格好で来てください」と言われていたが、一応、サマージャケットは着ていくことにした。

集合は浅草駅。その日は隅田川花火大会で、いつもよりも観光客でごった返していた。

「善太さん。どうも、どうも」

駅には國しか待っていなかった。相変わらずハンカチで顔の汗を拭っている。

「……皆さんはどこに？」

「タクシーで移動しましょう。今から船に乗りますから」

「へ？」

船は船でも屋形船だった。タクシーで乗船場まで行き、プリティママのメンバーと合流した。

屋形船に乗るのも初めてなのに、テレビで見た人間たちが目の前にいる。同じ空間で飯を食い、酒を飲んでいる。

「初めまして。新しく事務所に入りました木村善太です」

バブル時代に名を馳せたトレンディ俳優にディズニー映画の主題歌日本語版を歌うミュージカル女優。モデルから舞台役者に転身したイケメンもいれば、去年の日本アカデミー賞で新人賞を獲った期待の若手もいる。

それだけでなく、各キー局のテレビプロデューサー、ヨーロッパで作品の評価が高い映画監督、人間国宝の歌舞伎俳優など超大物が勢揃いだ。

深海りんは座敷のテーブルの隅で、カルピスみたいなものをチビチビと飲んでいた。楽しんでいるのか、そうでないのかわからない無表情である。

気になるのは深海りんの後ろにある電子ピアノだ。

なぜ、そんなものが屋形船にある？　まさか、あとで余興として深海りんが一曲披露するとでもいうのだろうか。

「善太！　盛り上がってるか？」

プリティママの社長がビールの大瓶を片手に俺を呼ぶ。

西河原光雄《にしがわらみつお》。業界では豪快で有名な芸能社長である。アフロの一歩手前ぐらいのモジャモジャな髪と髭の風貌は、ジャングルの王者そのものだった。

「はい。凄く刺激的です」

「そうか、そうか。よかったなあ。まあ、飲め」

顔を真っ赤にしてご機嫌だ。西河原の前にはビールだけではなく、ワインのグラスと日本酒の徳利が並んでいる。

「社長、俺は今、禁酒中なんです。すいません」

俺は西河原のお酌《しゃく》をやんわりと断った。

「そうか、そうか。でも、酒は好きなんだろ?」

「はい。大阪ではバーを経営してました」

「そうか、そうか。早く人気者になって飲めるといいな。僕も六本木にバーを持ってるんだけどハリウッドスターがお忍びで来てね。カウンターで小便したよ。さすがのチンコのデカさだったぞ」

西河原がガハハと腹を抱えて笑う。普段からこのノリなので、酔っているのかわからない。初めて代官山のオフィスで会ったときは、ベテラン演歌歌手とＳＭクラブに行った話を自慢していた。

周りに座っている業界人たちも西河原と一緒になって笑う。事務所のマネージャーとタレントたちは下ネタが聞こえていないフリをしている。

こんな席でのシラフは辛い。居場所がない。

元々、俺は無類の酒好きだったので飲み会やパーティーは得意だった。誰とでも仲良くなれて盛り上がれたし、自分でもコミュニケーション能力は高いと思っていた。違った。ただ単にアルコールの力を借りていただけだった。

しばらくして、花火が上がった。

ほぼ真上から爆音が響き渡る。助かった。花火の間は上を向いているだけでいい。

「外に出るぞー!」

西河原の号令で、全員が一斉に席を立った。

な……なんやねん、これ?

屋形船の屋上に出て度肝を抜かれた。河の中から見る夜空いっぱいの花火よりも、両サイドの堤防が気になってしまう。

まさに、黒山の人だかり。何人いるのか想像もつかない。満員電車の何両分だろう。

この差は何だ?

船に乗って優雅に花火見物をするセレブたちとギュウギュウのすし詰め状態を我慢

している見物客。

　さっきまでの居心地の悪さの正体がわかった。つい最近まで、俺はすし詰め側の人間だった。方南町のアパートで劇団員たちと住み、デカい鍋で作った空腹を満たすための鬼ボナーラを食っていた。

　ここは東京だよ。

　下北沢のたこ焼き屋の店員の言葉を思い出す。

　小説家になり、誰も俺を馬鹿にしなくなった。

　俺も「チームＫＧＢという劇団をやってます」と言う前に、「小説を書いてます」と自分を紹介するようになった。

　今、花火が上がっているこの瞬間も劇団員たちはアルバイトをしている。夏生まれで花火は大好きなのに、ひとつも楽しくなかった。

　花火が終わり、船内に戻って宴が再開した。

　いつの間にか、小柄な女性が電子ピアノに座っていた。ＢＧＭでも奏でるのかと思った次の瞬間、爆発が起こった。

　花火にも負けない激しく力強く、美しい演奏が始まった。指がまるで早送りのように動き回る。さっきまで喧《やかま》しかった船内がピタリと静まり返る。

小柄の女性の顔をよく見て、俺は引っくり返った。

日本人でグラミー賞を獲った世界的なピアニスト、上岡《うえおか》ヒトミではないか。

いつからおってん……。

彼女はたしか、ニューヨーク在住のはずだ。

屋形船とグラミー賞。

上岡ヒトミはそんなギャップをまったく気にせず、恍惚とした表情で電子ピアノと一体となり溶け合っている。

「あれはセックスだよ。セックス」

俺の隣にいた西河原が酒臭い息で呟いた。

5

台本が床に落ちていた。

稽古場の床だ。ご丁寧に足跡までついていた。

早朝の稽古前だった。チームＫＧＢのメンバーがアップの柔軟体操をしている。

「おはようございまーす」

欠伸まじりで赤星が挨拶をする。

「うぃーす」

火野は鏡越しに軽く頭を下げただけだ。

ビーバー藤森は相変わらず、口を半開きにして居眠りをしている。いつも通りの稽古風景だ。

ただ、今朝は俺の胸の中でずっと張り詰めていたものがプツンと切れた。

「お前ら、何してるねん……」

「えっ？　どうしました？」

叱られることが大嫌いな火野が、いち早く反応する。

「これや」

俺は、床に落ちている台本を指した。

「はい？」

「見てわからんか？」

「だから、何のことですか……」

「よく見ろや！」

俺の怒鳴り声に赤星がビクリと肩を震わせ、ビーバー藤森がギクリと目を覚ました。

深海りんは、映画の現場に台本を持ってこなかった。それが、脚本家にとってどれだけ幸せなことか。

台詞を完璧に覚えるまで、読み込んでくれる。

役者として当たり前のことだ。だが、台本を手放せる勇気のある人間が何人いるだろうか。

「わからんかったらもうええわ！」

俺は自ら床の台本を拾い、パイプ椅子の上に置いた。

台本は火野のものだった。足跡は、火野にしては小さい。赤星かビーバー藤森のどちらかが踏んでしまったのだろう。

もちろん、わざとそんなことをする奴らではないのはわかっている。たまたま床に置いてしまったのを気づかずに、たまたま踏んでしまったのだろう。そこに悪意はない。

でも、ずっと床に落ちている台本にはさすがに気がつくはずだ。その台本が汚れていることも。

こいつらは……プロになれないかもしれへん。

初めて、思ってしまった。初めて、諦めてしまった。

『これだけは言うといたるわ。その子らはまったく売れへんよ』

霊媒師の泉沢先生の言葉を思い出す。

『ほんで、小説やけど。ビックリするぐらい売れるよ』

今のところ泉沢先生の予言通りになっている。

だとしたら、最初から運命が決まっていたことになるではないか。そんなことがあってたまるか。

俺は、チームKGBと一緒に東京に来た。ボロボロのワゴンで、千春の運転で、大阪から上京した。

深夜、東京に着いたとき、ワゴンの後部座席で火野素直と赤星マキとビーバー藤森は肩を寄せ合って眠っていた。

こいつらの芸名は俺が付けた。俺は、こいつらと一緒に売れなきゃ意味がないと思っていた。

……俺が勝手に責任を感じていただけなのか？

「悪い……今日は気分悪いから帰るわ」

俺は稽古場を後にした。一度も、振り返らなかった。

『おめでとうございます！　「地獄のエレベーター」がまた増刷です！　二十万部を突破しました！』

スマホの向こうで瀬川の声が弾む。

「ありがとうございます！」

映画の公開が発表されてからさらに小説がうなぎ登りで売れ、とうとう目標だった二十万部を超えたのだ。

『これでベストセラー作家の仲間入りですね！』

「やっとですね！　待ちくたびれましたよ！」

俺はわざと陽気に返した。

足元がフワフワする。俺は店のトイレで電話をかけていた。洗面台の鏡に映る男は、媚びたような笑顔を浮かべて俺を見ている。

『この調子で映画も大ヒットしてくれたら嬉しいですね』

「ですね！　宣伝頑張ります！」

電話を切り、また足がふらついた。酒を一滴も飲んでいないのに目眩がする。

洗面台で顔を洗い、トイレを出た。

「お疲れ様でーす」

胸の谷間が大きく開いたドレスを着た女がオシボリを手に待っていた。さっきまで俺の横についていたキャバクラ嬢で、名前はエイナかエミナだった。いや、エリナかもしれない。

きらびやかな照明の下、エリナと並んで席に戻る。

「おーい！　長いトイレだな、善太！　ウンコか！」

プリティママの社長の西河原が左手にウイスキーのグラスを持ち、右手を隣のキャバ嬢の細い腰に回している。

「はい。ウンコです」

「やーだー」

俺の冗談にキャバ嬢たちがケタケタと笑う。

何も面白くない酒場のノリだ。大阪時代、俺のバー《デ・ニーロ》によく仕事終わりのキャバ嬢やクラブ嬢が飲みに来て、「客との会話が死ぬほどおもんないねん」と愚痴をこぼしていた。

今まさに、俺がその客になっている。

「さあ、答えがわかった子はいるかなー」

どうやら、俺がトイレに行っている間に西河原がクイズを出したらしい。

「えー、わかんなーい」

「この顔をよく見ればわかるぞー」

西河原が俺の顔を指す。

俺の仕事が何かをクイズにしたのか……。ため息を飲み込み、おどけた笑顔を作る。

「えー、わかんなーい」

キャバ嬢たちは一秒も考えようとしていない。

「じゃあ、モチベーションを上げてやろうかなー」

西河原がセカンドバッグの中から、ブランド物の分厚い財布を出した。

「イエーイ！」

キャバ嬢たちが歓声を上げるが、全員、目が笑っていない。

「正解者にはこれだ！」

西河原が一万円札をヒラつかせた。

「歯医者さん！」

「イタリアンのシェフ！」

速攻でキャバ嬢たちが立て続けに答えていく。

「ブー！　ブー！」

西河原が嬉しそうに親指を下に向ける。よくこんなことで盛り上がれるなと感心してしまう。

それは俺がシラフだからだ。酒の力を借りれば、すべてがキラキラと輝いて見えるときもある。手っ取り早い魔法だ。

「空間デザイナー！」

「お坊さん！」

「ヤクザ！」

思わず「正解！」と言いそうになる。ずいぶんとヤクザパフォーマンスをやっていない。最後にチームKGBと踊ったのはいつだったのかさえ、すぐに思い出せないでいた。

「漫画家！」

俺の隣にいるエリナの答えに西河原が大げさに反応する。

「惜しい！」

「わかった！　小説家！」

「大当たり！」

西河原が正解を出したキャバ嬢の胸の谷間に一万円札を挟んだ。何とも下品な光景だが、キャバ嬢やボーイ、他の客たちは普通の顔をしている。この店では日常なのだろう。

「しかも、ベストセラー作家様だぞ！」

「すごーい！」

「『地獄のエレベーター』って知ってるか？」

「え？　今度、映画になるやつでしょ？　朝のテレビで見た！　ヒロインが深海りんだよね」

「すごーい！」

「この男が原作者だ。なあ、善太！」

西河原が俺の肩をバシバシと叩く。

「はい！　バリバリ売れてます！」

俺はわざとらしく胸を張った。こういうときの謙遜は場を白けさせてしまうだけだ。

「愉快な男だろ！　この男は売れるぞ！　ちゃんと顔を覚えておけよ！」

俺は、居た堪れなくなり自分のウーロン茶をチビリと飲んだ。

隣のエリナが俺の太腿に手を置き、耳元で囁いてきた。

「連絡先、交換してくれませんか？」

甘すぎる香水に、胸焼けがした。

翌朝、さっそくエリナから連絡が来た。

〈昨夜はとても楽しかったです♡　さっそく電子書籍で木村善太先生の小説を買いました♡〉

完全な営業トークだ。俺も水商売が長かったのでわかる。本当に購入したのであれば小説のタイトルも言うはずだ。

〈こちらこそありがとう！　映画も観てねー〉と適当に返した。

〈またお会いしたいです♡♡♡　面白いお話してくださいね♡♡♡♡♡〉

直訳すれば、店に飲みに来て自分を指名しろということだ。

〈もちろん！　締切が落ち着いたら飲みに行くわー〉

直訳すれば、西河原のボトルならば行ってもいいということだ。

夜の世界は大阪時代に散々見てきた。今さら自腹を切って戻りたいとは思わない。

察しのいいキャバ嬢なら、俺の文章から脈がないことはわかるだろう。

だが、エリナとのやり取りはそれでは終わらなかった。

さらに二日後、彼女から連絡が来たのだ。

〈相談に乗ってもらえませんか？〉

いきなりである。短い文で説明もないのが怖い。

俺は慎重に〈どうしたの？〉とだけ返した。

〈同棲中の彼氏のＤＶが酷くて別れたいんです……〉

〈そうなんや〉としか言いようがない。

〈すぐに家を出なくちゃいけなくて〉

〈大変やね〉

〈まだ出会ったばかりでこんなお願いするのはとても失礼なんですが〉

この時点で返事をしたくなくなった。次に来る言葉はわかり切っている。

〈どしたん？〉

〈引越し代を貸してもらえませんか？　必ず返します！〉

本当に失礼だ。一時間ほど同じ席についただけの関係で借りれると思っているのだろうか？

ここでブロックしてもいいのだが、俺はラリーを続けることにした。小説のネタになるかもしれない。

〈俺が？？〉

〈他に頼める人がいなくて〉
〈ちなみにいくら？〉
〈五十万あれば助かります〉
〈あのさ〉
〈はい〉
〈俺、演技の仕事もしてるからわかるんやけど引越しは嘘やろ？〉
ラリーが止まった。相手も出方を考えているのだろう。
数分後、返ってきた。
〈信じて欲しいです〉
〈本気で人にお金を借りたいなら、せめて事実を言うべきやないかな〉
また数分間、待たされたが、少しだけ面白くなってきた。
〈本当に引越しなんです〉
〈どんな物件に引っ越すの？　家賃は？〉
〈まだ決めてません〉
〈それなのに五十万って数字は出るの？〉
完全にラリーが止まった。面倒臭い男と思われたに違いない。

たぶん、他の客にも同じ内容で送っている。よほどの金持ちかよほどの馬鹿でない限り無理だ。

六本木の高級キャバクラで普通に働いていれば金に困ることはない。導かれる答えは一つである。

〈ホストやろ?〉

〈はい。カケが厳しくて〉

すぐに返事が来た。

〈自分が楽しんだことは自分で責任とってくれ。力になれんくて、ごめんな〉

そう打って、そっとスマホの電源を切った。

6

「善太さん、明後日の夜は空いてますか?」

夜。千春と息子の小次郎と飯を食っているときに、マネージャーの國から電話があった。

「空けようと思えば空けれるけど」

「会っていただきたい方がいるんです」

「誰？」

「映画の『魔音《まおん》』ってご存知ですよね」

「もちろん」

『魔音』は大ヒットしたホラーだ。日本だけでなく、ハリウッド版としてリメイクされて世界的にジャパニーズ・ホラーの名を知らしめた。

特に映画の中で出てくる濡子《ぬれこ》という全身ずぶぬれの幽霊のキャラクターは社会現象になったほどだ。

「プロデューサーが帰国してるんです。明後日なら時間が取れるみたいです」

「え？『魔音』のプロデューサーが？」

「はい。ウチの社長が仲良くて善太さんの話をしたら興味を持ってくれたそうで」

「マジ!? 会う、会う！」

テンションが爆上がりした。現役のハリウッドで活躍している人と会話ができるだけでも、かなりの経験になる。

「では、そのように伝えます」

「ありがとう！」

電話を切っても興奮が収まらず、残っていたウーロン茶を一気に飲んだ。

「どうしたん？」

テーブルの向かいに座って、タン塩を焼いている千春が首を傾げる。

恵比寿の駅裏にある焼肉屋だ。値段の割に肉の質がいいので家族でたまに来る。タン塩が凍ってないのがいい。

東京の焼肉屋で驚いたのは、そこそこの有名店でも冷凍の肉を使っていることだ。東京の飲食店はレベルが高いが、粉物とうどん、そして焼肉は大阪の方が旨い。

「明後日、『魔音』のプロデューサーと会えるようになった」

「凄いやん！」

「さすが東京やわ……」

このチャンスは絶対にモノにしなくてはいけない。映画監督になるためにこの街に住んでいるのだ。

「勇太が頑張ってるからやで」

「まだまだや。もっと頑張らな」

千春はいつも俺を褒めてくれる。

ただ、子育てに忙殺されて最近は俺の小説を読む時間がない。

チームKGBもそうだ。俺の小説の感想を言ってくれない。言いづらいのか、単に興味がないのだろう。

「あー！　コジ君！」

小次郎がオレンジジュースをこぼした。

俺に似たのか落ち着きがなくて、毎回、飲み物か皿をひっくり返す。

「もーう」

千春が嬉しそうにおしぼりでテーブルを拭く。

もともと母性が強い千春は小次郎を楽しそうに育てている。大阪時代、俺に向いていた愛情をすっかり小次郎に奪われてしまった。

父親になったのだから当たり前だが寂しい。俺もガキのままなのだ。

「コジ君、こぼしたらダメよー」

ハリウッドのプロデューサーの話はここで終わった。

俺はナムルのモヤシをボソボソと食べ、おかわりのウーロン茶をチビリと飲んだ。

二日後。

俺は銀座の鮨屋に来ていた。しかも、ただの鮨屋ではない。ミシュランの星を持っていて、海外のドキュメンタリー番組に取り上げられるほどの名店だ。

さすがに緊張する。

美しい白木のカウンターの向こうに立つ初老の大将は、凄腕の殺し屋のようなオーラを醸し出している。

他の客も只者ではない。カウンターの端で黙々と一人で食べている客はどこかで見たことがあると思ったら、一億部以上売っている国民的バスケ漫画の作者だった。

「サインをください」と言いたいのをグッと堪える。

ハリウッドのプロデューサーは約束の時間の十五分後に現れた。

「遅くなってすいません」

年齢は四十代後半、肩幅がやたら広くて山男みたいにビッシリと髭を生やしている。薄手のジャケットの下にTシャツ、ジーンズにスニーカーというカジュアルな格好だが、腕時計がゴツく、セカンドバッグは一流ブランドの物だ。

ハリウッドのプロデューサーとマネージャーの國が名刺交換をしたあと、俺は直立不動で挨拶をした。

「初めまして、木村善太です」

「ケビン島袋《しまぶくろ》です。今夜は楽しみましょう」

いきなりガッツリと握手をしてきた。

ハーフなのだろう。鼻が高く、目の色も茶色だ。

「よろしくお願いします」

俺は下腹に力を入れた。今夜が勝負だ。どんな形でもいい。映画の世界に食い込んでみせる。

まずは鮨だ。

おまかせでテンポよく握られていく。

「コハダです」

包丁で美しい細工をされている、まるで芸術品のような一貫だ。

当然、旨い。今まで食べてきたものと格が違うのは一目瞭然だが、落ち着いて味わうことができない。

「イカです。そのままでどうぞ」

醤油ではなく、塩で食べる。ネットリと甘く、歯応えが絶妙である。

……この鮨はいくらするんやろ？

会計のことを考えると恐ろしい。払うのはケビン島袋なのか、ウチの事務所なのか。

割り勘ではないことを祈る。

「うん。おいしい」

ケビン島袋が表情を変えずに舌鼓を打つ。このレベルの食事に慣れているのだろうか。

「映画、何度も観ました。編集が斬新で面白かったです」

俺は少し盛って言った。『魔音』を観たのは二回だけだ。

「ありがとう」

ケビン島袋がまた表情を変えずに言った。

だが、無愛想ではない。フランクな態度をキープしつつ、何事にも動じない落ち着きがあるのだ。

「次はどんなホラーを作るんですか?」

「ホラーはもう撮りません」

「え?　どうしてですか?」

隣の國も意外そうな顔をしている。この店に来る前、「早く善太さんの書くホラーを読んでみたいです」と喜んでいたぐらいだ。

「飽きたんです」

ケビン島袋は淡々とヒラメの昆布締めを食べながら言った。

「それはどういう……」

ジャパニーズ・ホラーブームが終わったとはいえ、濡子の生みの親のプロデューサーの作品なら誰もが欲しがるはずだ。

「似たような映画が増えたでしょ？　あれが我慢できない」

「たしかにそうですね」

タイミングよく、國が合いの手を入れる。

『魔音』の大ヒットにより、二番煎じどころか二十番煎じぐらい濡子そっくりの幽霊が出てくる映画が乱発した。

「じゃあ、次はどんなジャンルを作るつもりですか？」

俺は大将が置いた中トロにも目もくれず訊いた。

「ヒューマン・ドラマです」

「例えば、『フル・モンティ』とか『最強のふたり』とかですか？」

「いいですね」

ケビン島袋が初めて微笑んだ。

「他には『リトル・ミス・サンシャイン』やインド映画の『きっと、うまくいく』が好きです」

ヒューマン・ドラマの正しい定義は知らないが、一言で語れば笑って泣ける人生を描く物語だと思う。

「日本でヒューマン・ドラマを書ける人間が少ないんです」

「わかります」

俺は恥ずかしげもなく賛同した。

邦画や日本のドラマは、「笑って泣ける」のバランスが悪い作品が多い。

笑いに関してはシニカルやブラックなユーモアが通用しにくい。

原因は明確で、日本のドラマはターゲット層が十代から二十代の女性がメインの作品が大半だからだ。どうしてもわかりやすい笑いが求められる。

泣きに関してはもっと酷い。「泣ける」というのがヒットの条件なのはわかるが、あまりにも過剰なお涙頂戴の作品が多過ぎる。映画の予告編は主演の俳優や女優が号泣してるものばかりだ。

俺の夢は映画監督だ。

でも、世に媚びた映画は撮りたくない。自分が観たい映画を撮りたい。

東京に来て、芸能界に片足を突っ込んで感じた。

ここは俺の居場所ではないのかもしれない。

絶対に売れてやるという気合が薄れた今、何をモチベーションにしていいのかわからなくなってしまった。

「木村善太なら世界に通用するヒューマン・ドラマが書けると思います」

ケビン島袋が静かに言った。

決して大げさではなく、誠意がこもっている。

「俺もそう思います」

自分で言って、泣きそうになった。

やっと映画監督になれる。しかも、邦画をすっ飛ばしてハリウッドが手招きをしてくれているのだ。

「もう一度、乾杯ですね」

いつも客観的な國も興奮を隠し切れないでいる。

「最高の映画を作って、世界を驚かせてやりましょう」

ケビン島袋が冷酒のグラスを挙げた。

次の日から、俺とケビン島袋の戦いが始まった。

〈僕がお題を出します。善太君はプロットを書いてください〉

望むところだ。脳みそが干からびるまでアイデアを出し続けてやる。

最初のお題は、まさかの吸血鬼だった。

〈吸血鬼が登場するヒューマン・ドラマをお願いします〉

メールの文章はそっけないが、俺のテンションは限界まで上がった。

吸血鬼モノは日本ではまったくと言っていいほど当たらないが、海外での人気は凄い。

俺がここ最近観た中で度肝を抜かれた作品は北欧の映画で永遠の命の持ち主である吸血鬼の美少女と普通の少年の恋物語だ。入り口はホラーだが、少年のピュアさに淡く切なく感動する。

日本人の琴線に触れるヴァンパイア・ストーリー。

初めのお題からハードルが高いが、俺はやる気に満ちていた。

このヒリヒリ感が足りなかったのだ。

一週間かけて、俺は練りに練ったプロットを作り、ケビン島袋にメールを送った。

〈読みました。明日、オンラインでミーティングをお願いします〉

プロットの感想はなかったが、ダメならこんなすぐに打ち合わせをしないはずだ。

翌日の午前十一時、俺とケビン島袋とマネージャーの國はノートパソコンの画面の中で集まった。

「プロット、悪くはないと思います」

開口一番、ケビン島袋が相変わらず表情を変えずに言った。

悪くはない。つまり良くもないということだ。

「どこが足りないですか？」

俺は素直に質問した。ハリウッドのプロデューサー相手に余計なプライドは必要ない。

「キャラクターの設定ですね。吸血鬼が歌舞伎役者の中に混じっているという発想はいいと思います。しかし、吸血鬼ハンター役の煎餅《せんべい》屋さんに華がない」

俺のプロットでは、主人公を老舗煎餅屋に就職する青年にした。その煎餅屋はニンニク煎餅が名物で、実は江戸時代から吸血鬼と戦う一族なのだ。

だが、その一族は高齢化で跡継ぎがおらず、何も知らない平凡な男が巻き込まれる形で吸血鬼ハンターになるという展開だ。

「リアリティーが必要ですよね」

マネージャーの國の感想にはさすがにカチンと来たが、ここは我慢する。

「この吸血鬼のプロットはこれから膨らませつつ、新しいお題を出します。一週間後にまた打ち合わせをしましょう」

「は、はい……」

これがハリウッドのペースなのか。だったら必死で食らいつくしかない。

「次のお題はヤクザのヒューマン・ドラマです」

よっしゃ！

ヤクザならチームＫＧＢたちと散々演じてきた。

笑って泣けるヤクザを書いてやろうやんけ。

俺はノートパソコンのカメラに映らないように、小さくガッツポーズをした。

7

今が勝負どきや。

俺は何度も自分に言い聞かせて、ケビン島袋からお題をもらうプロットに挑んだ。

朝から晩まで、それこそ夢の中でも魅力的なキャラや息もつかせぬストーリーを追いかけ続けた。

俺が考えに考え抜いたプロットはこうだ。

一人の平凡なサラリーマンがいる。妻と子供たちはいるが家庭での居場所はない。そんな家のローンを払い続けるだけの生活の中、突然、サラリーマンの前に自分そっくりの男が現れる。そして彼からサラリーマンの双子で、赤ん坊の頃に生き別れたと告げられる。

明らかにその男はヤクザだった。しかも、中途半端な極道ではない。関西で帝王と呼ばれ、裏社会を牛耳っているのだ。

しかし、ヤクザは重い心臓の病で余命一年と宣告されていた。心臓の手術はアメリカで受けなければならない。

ヤクザが日本を離れてしまうと組織が崩壊する危険がある。裏切りが当たり前の魑魅魍魎の世界だ。

そこで、ヤクザはサラリーマンに言う。

「俺の代わりに一年間、裏社会の帝王になれ」

もちろん、サラリーマンはそんな意味不明な要求を断るが、次の日には自分の会社がヤクザに乗っ取られてクビになる。

無職になったサラリーマンは仕方なしに関西へと単身赴任するが……。

これはいける！

意気揚々とケビン島袋にメールで送り、オンラインでのミーティングの日を迎えた。

「こういうことじゃない」

自信作が、一刀両断された。

「私は結構、面白いと思いました。サラリーマンの男に共感できますし」

珍しくマネージャーの國がフォローを入れてくれる。

「共感できるのは日本の中年男性だけです。世界に通用する物語はもっと普遍的でないと」

「そうですね」

國があっさりと退いた。

「善太君は笑いにこだわり過ぎなのかもしれません」

「はい……」

自分でわかっている。大阪人の性で、笑いが少ないと不安になるのだ。

「例えばアメリカでは白人、黒人、アジア系、ヒスパニック系など色んな人種がいます。人種によって笑いのツボが違うんです。つまり……」

「つまり?」

「コメディーでは世界を獲れません」

ケビン島袋の「笑って泣ける」というジャンルはコメディーではない。

観客を笑わせにかかるのと観客が自分の意思でクスリと笑うのでは大きな差があるのだ。

……なんでやねん。

大阪時代、俺が繰り返してやってきたことが自分の首を絞めている。

俺の小説は売れたのに、俺の劇団は何年かかっても売れる気配すらない。

俺が手がける小説と劇団の違いに原因があるということだ。

小説にはなくて劇団にあるもの。それは観客の存在だろう。

目の前にいる人間を感動させなければいけない。その臨場感が演劇の最大の喜びであり、恐怖でもある。

だから、反応を求めて俺は笑いを足してきた。特に関西の観客は笑わせてなんぼだと思ってきたからだ。

小説家として、俺はまだ二作しか書いていない。ハッキリ言ってぺーぺーだ。

しかし、未熟だからこそ物語に笑いを入れる技術がまだない。ベストセラーになった『地獄のエレベーター』も演劇の台本と比べて笑いの数は十分の一以下に減った。

チームKGBのファンの間では、「あんま、おもんないよな」という評判なのは耳に入ってきている。

チームＫＧＢの舞台では、お客さんを爆笑させてきた。

ただ、それは大阪の友達や知り合いがメインだ。東京ではチームＫＧＢなんて誰も知らない。いわゆる身内ノリである。

俺の小説は笑いが少ない。だから売れたのか。

「俺の武器が……今の俺の弱点ってわけですね」

「はい」

ケビン島袋が即答する。

たった二つのプロットで見抜かれた。さすがハリウッドのプロデューサーだと感心すると同時に、俺の自信の土台がボロボロと崩れていく音が聞こえた。

「座長、お話があります」

早朝稽古前のスタジオで、ビーバー藤森が神妙な顔つきで言ってきた。

「え？　今やないとあかんのか？」

経験上、劇団員がこういうトーンのときはロクでもない話しかない。退団か借金の相談とかだ。

「二人が来る前にいいでしょうか？」

あと数分で稽古が始まる時間だが、火野と赤星はまだ来ていない。おそらく遅刻だろう。ここ最近、時間通りに稽古が始まることが少なくなってきた。

「ええけど……どうしてん？」

「結婚しようかと思ってるんです」

「ん？　誰が？」

「僕です」

「は？　お前、彼女おったん？　てか、童貞ちゃうんか？」

「実は半年ほど前に卒業しまして」

「マジか⁉　何で黙っとってん？」

「すいません……火野君とマキちゃんに弄られるのが嫌で秘密にしてました」

ビーバー藤森が気持ち悪い笑みを浮かべる。こんな表情は初めて見るので判断できないが、どうやら照れているようだ。

「相手は誰やねん？」

「バイト先の先輩に紹介された女性です」

「マジで……結婚すんのか」

驚きのあまり目眩がする。

せめて俺には教えて欲しかった。少し、ショックだ。

「はい」

「いつするねん」

「明日です」

「おい！　急やな！」

「彼女の誕生日なんです」

ビーバー藤森がまた違うパターンの気持ち悪い笑みを浮かべた。

「そりゃ、おめでとうやけど……彼女さんはどんな人？」

「五歳年上で、図書館で働いてます」

「お前と真逆の人生を送ってるやんけ」

「……はい」

「お前のどこが良かってん？」

「それが僕も謎なんです。僕の芝居も観たことないですし」

ビーバー藤森が本気の角度で首を傾げる。

「ほんまに結婚してもらえるんか……」

「たぶん」

「明日、プロポーズをオッケーしてもらえたら結婚できます」

当たり前のことだが、本人は至って真剣だ。

「気合を入れろよ。お前が結婚できる最後のチャンスやぞ」

「僕もそう思います」

自分の劇団員を悪くは言いたくないが、ビーバー藤森は変人だ。こいつより、クレイジーな人間にはそう簡単に出会えないと思う。

ビーバー藤森の一番恐ろしいところは、自覚がないところだ。

大阪時代、難波駅前でキャッチ商法に引っかかって三百万円のイルカの絵をローンで買ったのに、騙されたことに気づいていなかった。童貞の頃、女の子とデートしたときに窯で焼くピザが有名なイタリアンで食事をしたのだが、ピザを食べ終わったあとずっと皿に残った粉を指ですくって舐めていたことも無意識だったらしい。

天然ボケの枠には収まりきらない逸材なのだ。

「結婚できたら彼女を紹介してくれ」

「はい！」

プロポーズを断られたら最高のネタになるが、意外とオッケーを貰いそうでもある。とにかく、行動と思考が読めないのがこの男の特徴だ。

「おはようございます……」

赤星マキが、マラソンを全力で走りきったゾンビみたいな足取りで稽古場に入ってきた。

「おう。二日酔いか？」

「すいません……」

アルコール臭がここまで漂ってくる。朝まで飲んだ証拠だ。元バーテンダーだからわかる。

「誰と飲んどってん？」

予想はつくが、一応、訊いた。

「火野さんです」

「そうやろうな。飲むのはかまわへんけど、キリのいいところで帰れよ」

「行方不明になったんです」

「は？　誰が？」

「火野さんです」

赤星が泣きそうな顔になる。

「どういうこと？」

「居酒屋で火野さんと飲んでいたんですけど……荒れちゃって……」

「何で荒れてん？」

「……」

「自分たちが売れてないからか？」

うつむく赤星に俺が言った。

「はい……そんな感じです」

「どうせ、俺のせいにして酒を飲みまくったんやろ」

「……」

赤星がまた黙った。長い付き合いだ。火野がどれくらい管《くだ》を巻《ま》いたかまで想像できる。

「火野は家には帰ったんやろ？」

「帰ってません」

「……え？」

「全然、電話に出ないから心配になってさっき火野さんの家に寄ってきたんですがもぬけの殻でした」

「どこ行ってん？」

「それがわからないので行方不明なんです」

「最後に火野を見たのはどこや？」

「新宿の居酒屋です。私がトイレに行っている間に消えました。お会計も私です」

「マジかよ……」

俺は慌ててスマホを出し、火野の番号にかけた。

「電源が入ってないですよ」

赤星の言う通り、繋がらない。

「まさか、暴れて警察の世話とかになってへんやろな……」

「火野君なら見ましたよ」

ビーバー藤森がすっとぼけたタイミングで言った。

「見た？　いつの話やねん？」

「この稽古場に来る前です」

「どこで見てん？」

さらにすっとぼけた顔で、ビーバー藤森が続けた。

「公園です」

稽古場として使っている恵比寿のスタジオから徒歩五分の場所に児童公園がある。

赤星とビーバー藤森をスタジオに残し、俺は一人で向かった。

「ホンマにおるやんけ……」

公園に着き、思わずひとりごちた。

タコの滑り台に火野が棺桶のミイラのようにハマり、いびきを響かせている。禁酒している人間からすれば腸《はらわた》が煮えくり返る光景だ。

「火野！　何してんねん！」

俺は躊躇《ちゆうちよ》なく、火野を叩き起こした。

「座長……どうしたんっすか」

「どこで寝てんねん、お前！」

「もう……どうでもいいっす」

「あっ？」

「一昨日、國さんにメールを送ったんすよ」

「俺のマネージャーに？　何て？」

初めは國から劇団に連絡を取ってきたので、國のメールアドレスは残っている。

「オレも……プリティママに入れてくださいって直訴しました」

「何て返ってきてん？」

訊かなくていいのに訊いてしまった。返事はわかりきっている。

「ウチの事務所はドラマや映画で主演を張れるクラスしか預かれません……って言われました」

「そうか……」

「やっぱ、オレ無理なんすかね？　東京に来なかった方が良かったっすかね？」

火野がポロポロと泣き出した。

長い付き合いだけれど、この男の泣き顔を見たのは初めてだった。

俺は何も言えなかった。ベストセラー作家のくせに、都会のど真ん中の公園で泣いている男にかける言葉が見つからなかった。

第三幕

1

「コジ君！　頑張れー！」

千春の馬鹿デカい声がグラウンドに響き渡る。

バトンを受け取った小次郎が短い足を回転させて走る。本人は真剣なつもりだろうがコミカルでつい笑ってしまう。

「小次郎、何でニヤけてんの？」

「走るとき、いつもあの顔になるんよ」

千春も笑った。すっかり母親の顔だ。

「でも速いな」

小次郎が前の走者をひょいと抜かした。

「お兄ちゃん、頑張ってるよー」

千春が横にあるベビーカーを覗き込み、話しかける。小次郎の妹、陽菜《ひな》はスヤスヤと寝ていた。

秋晴れの日曜日。ポカポカ陽気に俺まで眠くなってきた。

こんな天気の日に子供の運動会の応援ができる。親たちはスマホを構えて、我が子の微笑ましい瞬間を撮り、幸せを嚙み締めている。

昨夜、小次郎は「運動会の日のお弁当は唐揚げがいい！　ママの唐揚げは宇宙一だもん！」と覚えたてのお世辞を言っていた。千春は「ママもコジ君が宇宙一大好きよー！」と小次郎を抱きしめて、頰にキスの嵐を降らせる。

俺はそれに対抗して、陽菜を抱き上げて高い高いをしながら宣言する。

「パパは宇宙一の幸せ者だぞー！」

小次郎が一位でゴールテープを切った。

「コジ君、カッコイイー！」

千春が悲鳴を上げた。

「よっしゃー！」

ガッツポーズを取る。子煩悩で家庭を愛している父親に映るよう、俺は大げさに両手を挙げた。

運動会が終わり、俺は中目黒にある自分の執筆部屋へと向かった。

小説の締切が三本も重なっているのでのんびりとはできない。小説誌の連載が二本、文庫の書き下ろしが一本だ。

「お疲れ様でーす」

「座長！　暑いですね！　コーヒー淹《い》れましょうか？」

「……おはようございます」

スタッフが先に入り、仕事をしてくれていた。

チームKGBの新人の三人だ。先月からアルバイト代わりに執筆のアシスタントをしてもらっている。

俺は劇団に新しい風を吹かせたくて、三ヶ月前に応募をかけた。

「いつもどおりホットがいいですか？　今日のこの気候ならアイスにしましょうか？」

一番張り切っている赤ら顔のずんぐりむっくりの男が、丸亀虫男《まるがめむしお》だ。

もちろん、芸名である。

丸亀虫男は香川県の丸亀市の出身で常に落ち着きなく虫みたいにチョコチョコ動くので、この名前にした。元看護師である。何をとち狂ったのか仕事を辞めて入団してきたのだ。

面接のとき、「木村善太の小説を読んで僕の人生が変わりました」と言ってきた。看護師が重いので、「悪いことは言わんから、こっちの世界には来ない方がいい。看護師に戻ったら?」と説得したが、頑として譲らなかった。学生時代に吹奏楽部に所属していてトロンボーンが得意らしいが今のところ、その特技を使う予定はない。

「今日のオヤツでーす」

どら焼きやきんつばや栗きんとんなどの和菓子セットをリビングのテーブルに置いてほくそ笑んでいるのが、鳳秋子《おおとりあきこ》だ。

ウチの劇団に来る前は女落語家の弟子だったがパワハラに耐えかねて辞め、夢を女優にシフトチェンジした。

小動物みたいに小柄だが、無類の食いしん坊で演技より飯の話ばかりしている。アンバランスなことに顔がゴージャスなので鳳という苗字をつけた。

「座長……昨日はライオンズ勝ちましたね」

遠慮がちで大人しい長身の男が、野茂竜彦《のもたつひこ》だ。

福岡出身の元お笑い芸人である。野球部出身で、メジャーに行った野茂投手を尊敬しているというので、この芸名をつけた。

よく見るとイケメンで、お洒落な服装で背筋を伸ばせばモデルとしても通用しそうだが、いかんせん、本人は自分の武器に無頓着なのである。

ぶっちゃけ、俺の小説の手伝いに三人も必要ない。コミュニケーションを取るために週に三度ほど執筆部屋に呼んでいるのだ。

ちなみに、古いメンバーの三人に声はかけていない。

火野と赤星は新人を入れることに反対だった。火野は「今さらっすか？」とあからさまに嫌な顔になり、赤星には「私は何でもいいです」と投げやりに返された。

ビーバー藤森に関しては無事に結婚したのはいいのだが、嫁の尻に敷かれっぱなしで最近は劇団の活動に集中できていない。

新人が入団して、俺もなんとか新鮮な気持ちになれた。

古いメンバーの四人で集まると稽古場の空気は最悪に重くなる。必要最低限の会話しかせず、馬鹿話に花を咲かせることもない。

一緒に飯を食うこともなくなった。鬼ボナーラを最後に作ったのはいつかも思い出せない。

「座長、少しだけ相談いいですか？」

俺が和菓子に手を伸ばした瞬間、丸亀虫男がずいっと前に出る。

「な、何やねん」

「アドバイスが欲しいんです」

「虫男、あとじゃダメなの？」

鳳秋子が丸亀虫男の後頭部を睨みつける。落語家の弟子をしていただけあって礼儀にはうるさいのだ。

「少しだけやったら大丈夫やで」

「ありがとうございます！」

丸亀虫男は積極的でやる気がみなぎっているが、悪く言えば図々しくて場の空気が読めない。

「どんなアドバイスやねん？」

「僕……火野さんと赤星さんに嫌われてますよね……」

「そうか？」

「二人とも僕に対する態度がとても冷たいんです」

「嫌うのとはまた違うとは思うけど」

「じゃあ、何が原因なのでしょうか」

「おもんないからや」

「あっ……なるほど……」

丸亀虫男の赤ら顔がさらに赤く染まる。

「真面目なのはいいんやけど、おもろないから話を聞いててしんどくなるねん」

「はい……わかってます……」

鳳秋子と野茂竜彦が、丸亀虫男の背後で首が折れるほど頷く。

ズバッと言い過ぎかもしれないが、本人のためだ。

エンターテイメントの世界において、〝真面目は不真面目〟なのである。正論や正しい行動だけでは人を楽しませることはできない。

本来は真面目なくせに、不真面目な人間に成り切る。

この矛盾を受け入れる柔軟さと覚悟が必要なのだ。

「火野と赤星に認められたければ、おもろくなるしかないな」

「僕みたいな人間が、どういう特訓をすれば面白くなりますかね?」

「特訓っていうてる時点であかんな」

「じゃあ……僕はどうすれば……」

丸亀虫男が目をショボショボとさせる。

「ありのままで勝負しろ。人を笑わせるんやなくて、人から笑われることを目指せ」

「笑われる……ですか」

丸亀虫男は意外とプライドが高い。認められたい欲が強く、格好をつけたいのがありありと伝わってくるのに自分から体を張らない。

関西人が一番鼻につくタイプだ。

「野茂、虫男の思わず笑ってしまうところはどこや」

「ミスが多いところです」

野茂竜彦が迷わず即答する。

「え？　ミスしてる？　いつ？」

丸亀虫男が心外な顔で自分を指す。

「そういうとこが面白くないのよ」

鳳秋子が間髪入れずに突っ込んできた。

「虫男、看護師時代にどんなミスをしたことあるねん」

この男のことだから、きっととんでもない粗相をやらかしているはずだ。

「ミスですか……一つだけなら……」

「教えてくれや。病院の中でのミス限定やぞ」

「触ったらいけない生命維持装置にぶつかって倒しました」

「あかんやろ！　でも、おもろいなあ！」

俺の想像を遥かに上回るミスだ。不謹慎だが思わず噴き出してしまう。

俺だけでなく、鳳秋子と野茂竜彦も笑っている。

「これが面白いんですか……」

丸亀虫男が不服そうに口を尖らせる。

「野茂、さらに虫男を面白くするのにはどうすればいいと思う?」

「話し方を変えることですかね。虫男さんの口調は人をイラッとさせるので」

野茂竜彦も遠慮なしにズバズバと指摘する。仲間思いなのか、ただ無神経なだけなのかわからない。

「そんなにムカつく?　どこが?　ねえ、どこが?」

「そういうとこがムカつくのよ」

鳳秋子がさらにするどく突っ込み、丸亀虫男がさらに心外そうな顔になる。

「言葉の尻を全部『でやんす』にすればいいと思います」

野茂竜彦が真剣な表情で提案した。

「全然、面白くないって!」

丸亀虫男が鼻で嘲笑《あざわら》った。

「いや、おもろいやろ。試しにやってみて」

「全然、面白くない……でやんす」

俺と他のメンバーが爆笑した。

「え？　え？」

丸亀虫男は戸惑いながらも嬉しそうだ。

「最高やんけ！」

「本当でやんすか？」

皆が、さらに爆笑する。

「お腹、痛い！　痛い！」

鳳秋子と野茂竜彦は腹を押さえてうずくまっている。

傍から見たらパワハラかもしれない。ただ、役者の仕事はまともな世界ではないのだ。

決して演技が上手いだけでは売れないし、個性的だからといって出演のオファーが殺到するわけでもない。役者とは、プロデューサーや監督、演出家から声をかけられて初めて成立する仕事だ。

つまり、何よりも大切なのは人に気に入られることなのである。

そのために、先輩に媚を売る俳優もいれば、色気を使ってスポンサーに近づく女優もいるだろう。

俺はそんな奴らのことを絶対に非難したりはしない。どんな手段を使ってでも這い上がろうとする根性に好感が持てる。文句ばかり言って、何も行動を起こさない者より何百倍もマシだ。

「虫男、誰が相手でも、そのキャラを貫けよ」

「わかりました！」

「キャラ！」

「わかりましたでやんす！」

丸亀虫男が顔を輝かせて言った。

2

夢は大きくハリウッド。

小説にサインをするときに、俺が必ず書く言葉だ。言霊《ことだま》じゃないけれど、毎回、宣言することで夢に近づけている気がする。

新作を書くとき、「この作品はハリウッドでリメイクされる可能性はあるのか？」

と自問することを心掛けている。

スケールの話ではない。

小説でトム・クルーズの『ミッション・インポッシブル』みたいなものを書いたところで無理がある。アクションの臨場感を文章で表現するのは限界があるからだ。

ケビン島袋のアドバイスを常に忘れないようにする。

世界中のどんな人種でも共感できる普遍的なストーリーとは何か？

俺が導き出したのは「原始人でも理解できるか」というシンプルな答えだ。

例えば、猛獣に襲われる。これは原始人でも怖い。スティーヴン・スピルバーグの『ジョーズ』や『ジュラシック・パーク』がそうだ。

馬鹿でかいサメや恐竜に襲われたら誰だって、ハラハラ、ドキドキする。この感覚が大事なのだ。

しかも、襲われるのが自分だけではなく、家族や恋人と共に逃げていたならさらに緊張感は倍増する。

原始人は言葉が喋れない。言葉が通じない相手であっても、ストーリーに引き込めるかどうかが肝なのだ。

ケビン島袋がホラーの世界で天下を獲れたのは、「得体の知れない怪物は世界中の誰もが怖い」からだ。

だが、ケビン島袋はホラーを封印した。自らを甘やかさず、さらなる進化を求める姿は素直に尊敬できる。

原始人でも楽しめるヒューマン・ドラマ。

それが俺の極める道だ。

『ケビン島袋さんから連絡がありました』

マネージャーの國から電話が来た。

……やっとだ。

俺がケビン島袋に送ったプロットはゆうに百本を超えた。すべてに辛辣なダメ出しを食らい、一本も企画としてスタートしていない。

ただ、三週間前に送ったプロットは反応がよかった。

ゾンビになったシングルマザーを子供たちが家の中で隠し、世間から守る話だ。子供たちが奮闘する姿を応援し、母との別れに涙が溢れる。

何より、母親がゾンビになる設定にフックがある。

ケビン島袋も「これならハリウッドで勝てますね。映画会社のプロデューサーたちに読ませるのでしばしお待ちください」とベタ褒めだった。

「何て言ってた？」

首を長くして待ちすぎて疲れた。少しでも企画が前進する返事を聞きたい。

『映画の脚本をお願いしたいそうです』

「マジ⁉　やったぞー！」

俺は混んでいる恵比寿のカフェにいたが、席から立ち上がってガッツポーズを取った。ジロジロと見られているが構わない。こっちはハリウッドだ。

『おめでとうございます』

國の口調が微妙にぎこちない。

「主演は誰？」

『猫です』

「ん？　何て？」

『主演は猫です』

「……どういう意味？」

『今回は、ケビン島袋さんの自社制作の映画なんです。迷子になった猫を探す話でいきたいと……』

「俺のシングルマザーがゾンビになるプロットはどこいったん？」

『ボツ……ですかね』

「なんやねん、それ」

　俺は恵比寿のカフェのふかふかのソファーに倒れ込むように腰を下ろした。


「座長……相談があるでやんす」

　五日後の昼。執筆部屋で丸亀虫男が青白い顔で近づいてきた。

「どうしてん？」

「やっぱり……僕……火野さんと赤星さんに嫌われているみたいでやんす」

　真剣な顔で「でやんす」を言われれば言われるほど笑いそうになるが、ここは堪えて聞いてやらなければならない。

「そのキャラが通用しなかったんか？」

「最初は笑ってくれたんでやんすが……『どうせ、座長の命令でやってるんやろ』と言われたでやんす」

「バレたのか？」

「バレたでやんす」

「まあ、ちょっとやそっとのことじゃ、あかんわな」

火野と赤星にもプライドはある。ストリップ劇場の前座や路上で数々のパフォーマンスをこなしてきたのだ。三ヶ月前に入ったばかりの新人をそう簡単に認めるわけにはいかないのだろう。

「どうすればいいでやんすか？　僕は火野さんと赤星さんを尊敬してるでやんす。二人に早く追いつきたいでやんす」

愚直さが丸亀虫男の武器だ。

もしかしたら、こういう奴が東京というジャングルで生き残れるのかもしれない。

「何でもできるか？」

「はい！」

「髪型をピンクのモヒカンにできるか」

「ピンク……でやんすか」

丸亀虫男のヘアスタイルは地味そのものだ。寝癖もそのままにしていることが多い。

「火野と赤星を笑わせるんやなくて、驚かせるねん」

ストリップ劇場で生まれたヤクザのパフォーマンスがそうだった。まずは観客に衝撃を与えて、心のガードを崩すのだ。

「わかりましたでやんす。今から美容室に行ってきていいでやんすか？」

丸亀虫男が、覚悟を決めた顔で言った。

「よっしゃ！　行ってこい！」

思い立ったが吉日。考えるよりも先に、動ける奴に運が訪れる。

三時間後、ピンクのモヒカンの男が執筆部屋に戻ってきた。

ずんぐりむっくりの体型でシャツもジーンズもピチピチな上に顔が地味なのでまったく似合っていない。それどころか、狂気すら感じる。

「どうでやんすか？」

丸亀虫男がソワソワしながら訊いた。

「……怖い。友達にはしたくないな」

「美容室からここまですれ違う人たち全員に目を逸らされたでやんす」

「やろうな。でも、それぐらいのインパクトがあるってことや」

「あの……散髪しながら気づいたんでやんすけど……」

「何やねん」

「明日、バイトの面接なんでやんす」

「おいおい、先に言えよ」

「すいませんでやんす」

「どんなバイト？」

「代官山の大型書店でやんす」

「マジか……」

本の販売だけでなく、ＤＶＤのレンタルや雑貨、カフェまである東京でもトップクラスのおしゃれ施設だ。

「ピンクのモヒカンで面接を受けても大丈夫でやんすかね」

「確実に落とされるな」

「どうしたらいいでやんすか」

「カツラを被るしかないんちゃうか。小道具でいくつかあるやろ」

「カツラでやんすか……」

「頑張れ。お前ならやれる」

思い立ったが吉日も時と場合による。


迷子になった猫を探す話……。

俺はノートパソコンの前で吐きそうになっていた。猫は好きだ。犬も好きだ。でも、動物の可愛さをダシに使う映画はムカムカする。

……書きたくない。

自分が観たくない映画の脚本だ。どうやって、モチベーションを上げればいいのか。

しかも、ハリウッド映画ではなく、ケビン島袋の自社制作である。主演は猫で、助演は名前を聞いたことのないおっぱいだけがやたらと目立つグラビアアイドルだった。

笑って泣ける猫の物語を考えようとしても、どうしても前にケビン島袋に提出したプロットが思い浮かんでくる。

シングルマザーがゾンビになり、子供たちが母親を家に隠して世間から守る……。

自分で言うのも何だが、傑作の予感がする。

ケビン島袋のプロット百本ノックで鍛えられたのかもしれない。企画にならないとギャラは発生しないので一円にもなっていないが確実に俺の財産となっている。

そもそも、ケビン島袋は本当に俺のプロットを読んでくれたのだろうか？

つい、そう思ってしまう。それほど、シングルマザーゾンビのプロットに自信があるのだ。

マネージャーの國に「書きたくないし、書けない」と相談したが、「まずは一つ結果を出せば信頼関係が深まり、ハリウッドの企画に繋がると思います」ともっともらしいアドバイスで返された。

……飲みたい……しこたま酒が飲みたい。

もうすぐで、禁酒七年目になる。

上京前の大阪時代、エンターテイメント業界の先輩と揉めて土下座をさせられた。俺は尊敬もできない相手に媚を売った己を責め、「しょうもない奴に勝つまで酒を断つ」と宣言したのだ。

勝つとは、ぶっちぎりに売れることだ。そのためにチームKGBと上京した。

俺は売れたのか？　結果を出せたのか？

小説がベストセラーになり、映画化になり、有名な芸能事務所にも所属することができた。

結果が出たのは、俺だけ。

赤星は親に仕送りを貰い、火野はまだアルバイトをしている。ビーバー藤森に関してはほぼ嫁のヒモ状態だ。

……七年。俺が酒を止めた時間は、チームKGBが東京で過ごした時間だ。

あまりにも長く、重い。

一晩、ウンウンと唸りながら書き、何とか猫の映画のプロットを完成させた。

名前も覚えていないグラビアアイドルをペット探偵にした。迷子になった猫を探しつつ、ひき逃げ事件に巻き込まれるという展開だ。

だが、サスペンスタッチではなく、あくまでもほのぼのとした物語である。誰も死なないし、バイオレンスはゼロだ。

ケビン島袋のリクエストで恋愛部分も増やした。それも胸やけがするほどベタなシーンと台詞の連続である。

ヤケクソになって書き殴った。これでダメ出しをされたところで、思い入れがないので何のダメージもない。

プロットをケビン島袋のアドレスに送信しようとした瞬間、スマホが鳴った。

『善太さん、おはようございます』

マネージャーの國だった。

「どうしたん、こんな朝早くに」

『すいません。寝てましたか?』

「いや、起きてたよ。執筆で徹夜してたから」

『いい話と、悪い話があるんですけど……どちらから聞きたいですか?』

「え……」

『どちらか選んでください』

朝イチから何だその質問は？

イラッとしたが、徹夜明けで頭が回転しないので許すとしよう。

「じゃあ、いい話から聞かせてや」

『猫の映画の脚本を書かなくてよくなりました』

「そうなの？　どういうこと？」

『状況が変わりまして……』

嫌な予感しかしない。

「悪い話は？」

國が深いため息をつき言った。

『ケビン島袋さんが破産しました』

3

チームKGBは相変わらず鳴かず飛ばずだったが、早朝の稽古だけは続けていた。とりあえず継続するしか、打開策が見つからないからだ。

だが、一人の姿が見えない。

ない。


「ビーバーは？」

「体調不良でお休みです」

連絡係の鳳秋子が答える。

「またか。最近、何やってんねん、あいつ」

ビーバー藤森が稽古を休む日が増えてきた。三回に一回は何らかの理由をつけて来ない。

「新しく決まったバイトが忙しいみたいですよ」

赤星がぶっきらぼうに言った。

「何のバイトしてるねん」

「レストランの宅配らしいです。自転車で都内回ってるから、しんどいってボヤいてました」

「夜中はコンビニもやってるらしいっすよ。よくわかんないっすけど」

火野も投げやりな感じで言い放つ。

「二つも？　寝る暇ないやんけ」

「結婚したから張り切ってるんじゃないっすか」

たしかに金は必要だが、アルバイトのために東京に来たわけではない。

急なオーディションが受けられない、プロデューサーや監督からの誘いも断らなければならない、売れないからアルバイトを頑張るという悪循環に陥ってしまう。

「奥さんが真面目ですもんね」

「だったら、ビーバーと結婚したらアカンやろ」

図書館で働く奥さんとは一度だけ会ったことがある。ビーバー藤森が執筆部屋に連れてきて紹介してくれたのだ。

印象はとにかく大人しく、職業を聞かなくても図書館の職員さんと当てられそうな女性だった。

ビーバー藤森は、俺がベストセラー作家だということや原作が映画になったことを自分の手柄のように話したが、奥さんの反応は薄かった。

執筆部屋に入ってから会釈をしただけで、一言も喋らなかったように思う。

人生をギャンブルみたいに生きてきた俺にはまったく共感できないのだろう。

ビーバー藤森の役者としての活動を応援したいのだけど、将来への不安が勝ってしまっているのが、ありありと伝わってきた。

ビーバー藤森が稽古場ではなく、わざわざ執筆部屋に連れて来たのも、奥さんに対して劇団の印象を良くするためだ。

「ビーバー、辞めるんじゃないっすか、劇団」

火野が鼻で嗤《わら》う。

朝から重たい空気が稽古場を覆う。マイナスのオーラがさらに充満する。

やる気に溢れているはずの新人たちも俯《うつむ》いて床を見ている。

マズい。こんな劇団、売れるわけがない。

「ビーバーと話してみるわ。飯でも食わせたら元気出るやろ」

なるべく明るく振る舞おうとしたが、スタジオの鏡に映る俺の顔は引き攣っていた。


劇団の流れを変える。

そのためには現状維持ではダメだ。何か大胆な手を打たなくては……。

焦りは禁物だとわかっていてもジリジリとしてしまう。

俺だけでなく、火野と赤星とビーバー藤森もとうに三十歳を超えた。そろそろキチンとした結果を出さなければ洒落にならない。

「次の公演の主演に有名な俳優か女優を抜擢するのはどうですか？」

マネージャーの國から助言を貰った。

「……チームＫＧＢの公演に出てくれるかな？」

「今の木村善太なら、出てくれる役者も多いと思います」

「プリティママの役者でも？」

「ウチは無理です。ギャラが一桁違いますので」

國が断言した。逆にこれぐらいバッサリと言ってくれた方が、諦めがつく。

「誰か、いい子いるかな？」

「酒井遥輝はどうですか？」

久しぶりに聞く名前だ。七年前、京都で撮影した筒石監督の映画で共演したイケメン俳優だ。深海りんの彼氏役で、深海りんにちょっかいをかけた俺をボコボコにしばくというシーンを撮った。

「酒井君って最近はどうしてんの？　あまりドラマとかには出てへんよな？」

「彼は本格志向で舞台を中心に活動してますね。公演の大きさには関係なく脚本が面白ければ小さい劇団にも出ています」

共演したときはチャラいイケメンの印象しかなかったが、実は骨太だったのか。

酒井遥輝なら知名度は全国レベルだ。弱小劇団のチームＫＧＢといえど本公演に出てもらえれば必ず話題になる。

「酒井君の事務所にかけあってみましょうか？」

「ありがとう。助かる！」

「もし、酒井君が決まったら、ヒロインも呼ばなければいけなくなりますね」

「たしかに……」

ウチの劇団の女優は赤星マキと鳳秋子しかいない。二人とも個性的ではあるが、ヒロインの枠とは違う。

「気になる女優はいますか？」

「……おらへんな」

ケビン島袋と知り合ってから目線がハリウッドにロックオンしていたので、日本の芸能界には興味を持っていなかった。

「では、女優も何人かピックアップしますので善太さんが選んでくださいね」

「わかった。ありがとう……」

礼を言いながらもモヤモヤする。

これでいいのか？

劇団のための打開策だとしても、チームKGBの心境は複雑だろう。いきなり出ることが決まった芸能人が自分たちよりもいい役を演じる……。

國は芸能マネージャーとしては優秀だ。だけど、売れていない劇団員の気持ちはわからない。

「まずは、劇団の知名度を上げましょう」

「そうやんな。売れなきゃ意味ないもんな」

俺は自分に言い聞かせるように呟いた。


「座長……お疲れ様です」

日曜日の深夜、渋谷のファミレスで俺はビーバー藤森と会った。

「今日はバイトないんか？」

「はい……休みです」

ビーバー藤森がか細い声で言った。顔が土気色で目が泳いでいる。

「ちゃんと寝てるんか？」

「あんまり眠れてないですね……色々と不安で……」

「何が不安やねん」

「……人生です」

「どう不安やねん」

「老後とかですね……」

大阪のストリップ劇場で、ピンクのTバック姿で踊り狂っていた男の台詞とは思えない。

「それはお前の嫁さんの考え方やろ」

「えっ？」

「老後が怖いなら最初からこんな世界に入らへんやろ」

「そうですけど……」

「嫁さんに応援されてないんやな？」

「正直……演劇のこと憎んでますね。私が幸せになれないのは僕が無理な夢を追っかけているからだって言われました」

無理な夢。その言葉が俺の胸に突き刺さる。

「嫁さんの不安を少しでも減らすために、バイトしまくってるんか」

「……ですね」

ビーバー藤森が力なく頷く。

「家で嫁さんにだいぶ責められてるんやろ」

「怒鳴られてばっかりです。最近はヒステリックで歯止めがきかないというか……」

奥さんの気持ちもわかる。俺がビーバー藤森と暮らしたら半日ももたないだろう。

「お前は怒鳴られているときどうしてるねん」

「あまり記憶がないというか……」

「まさか怒られながら寝てるんか？」

「寝てはないと思うんですが記憶が曖昧で……」

「絶対、寝てるやろ」

ビーバー藤森ならありえる。稽古中、俺の演出中に何度も船を漕いだ男だ。

「話し合いをすればするほど、ブチ切れられます」

「そりゃそうやろな。で、お前はどうしたいねん」

「へ？」

「役者を続けたいのか、続けたくないのか。どっちやねん」

「もちろん……続けたい気持ちはあります」

ビーバー藤森の目がさらに激しく泳ぐ。

「今のままでは絶対にプロになられへんぞ」

「わかってます……」

「じゃあ、嫁さんを説得するしかないやんけ」

「まあ……はい……」

覇気がまったくない。

大阪時代のビーバー藤森は、俺が出会ってきた中でも、トップクラスのダメ人間だった。だからこそ、面白かった。

常識では考えられない予想のつかない行動や振り切った演技があったからこそ、目が離せなくなるのだ。

結婚できたことは喜ばしいことだ。

だが、今のビーバー藤森は「家族を養う」という常識中の常識に縛られ、プレッシャーに押し潰されている。

二ヶ月後にはチームＫＧＢの運命を賭けた勝負の本公演がある。明らかに時間が足りないが、劇場の都合でそこしか空いてなかったのだ。

劇団のエース的存在のビーバー藤森がこの状態だと必ず失敗する。

「……ビーバー」

「はい」

「お前、クビや」

「……クビですか」

「おう。辞めた方がええ。売れるのは無理や」

「……無理ですか」

「自分ではどう思う？」

俺は賭けに出た。

ここでビーバー藤森が腹を括れなければ、これ以上は劇団で預かることはできない。モチベーションがない人間が一人いるだけで、組織は脆くも崩れてしまう。

「僕は……どうしたらいいですか」

ビーバー藤森が声を震わせる。

「アホ。自分で決めろ」

人生を決めるのは本人しかできない。

俺だってそうだ。人生の選択をするのは怖い。その恐怖に打ち勝ち、責任を取るしか道はないのだ。

ビーバー藤森が宙を見つめたまま固まり、沈黙の時間が続いた。


こいつと出会ったのはまだお互いが二十代の前半の頃だった。

俺は旗揚げメンバーがどんどん辞めていく劇団を意地でも続けたくて、劇団員募集のチラシを色んな場所に配った。

ビーバー藤森から連絡をくれ、俺の家の近所のミスタードーナツで待ち合わせをした。

当日、約束の時間は土砂降りだった。俺は傘をさして向かったが、ミスタードーナツの前で直立不動のまま、ずぶ濡れになっている青年がいた。

メガネをかけスーツ姿で立っていた。ネクタイの結び方で、スーツは着慣れていないことが丸わかりだった。

そして、なぜか手には折りたたんだ傘を持っていた。

「もしかして……藤森君?」

「はい!　よろしくお願いします!」

「何で、傘をささへんの?」

「失礼かなと思いまして!」

根性があることをアピールしているのだろう。この時点で入団を断ろうかと思った。

「厳しい世界やけど……」

「死ぬ気で頑張ります!」

「座長……長い間、お世話になりました」

ビーバー藤森がうなだれながら、絞り出すような声で言った。

「わかった」

俺はそれ以上何も言わず席から立ち上がり、会計を済ませて渋谷のファミレスをあとにした。

一度も振り返らなかった。

すれ違う通行人と何度もぶつかりながら道玄坂を下り、スクランブル交差点の赤信号でやっと立ち止まった。

音が消え、ネオンが滲んだ。

俺はこの街で戦い続ける。

青信号になり、俺は再び大股で歩き始めた。

4

チームKGBの本公演まで残り一ヶ月を切った。

主演は酒井遥輝。ヒロインは大海原《おおうなばら》らぶというインフルエンサーだった。

驚いたことに、チケットは発売と同時にほぼ完売となった。もちろん、イケメンで舞台をメインに活動している酒井の参加が大きいが、影響力で言えば大海原らぶの知名度が圧倒的だった。

マネージャーの國に紹介されるまで、大海原らぶの名前は知らなかった。

「動員のことを考えるなら絶対に彼女です」

國の助言を信じて抜擢した。

二十六万人。

大海原らぶのインスタのフォロワー数だ。ツイッターもゆうに十万人を超えている。

コスプレが得意らしく、色んなキャラクターに扮した写真を毎日あげ続けている。

めちゃくちゃ可愛いというわけではないが、メイクと自撮りが上手く二十代前半で自分のチャームポイントを客観視できているのが凄い。

しかし、大問題がある。

大海原らぶは、演技の経験が皆無の素人なのだ。

本公演は下北沢のシアター・ノラで上演する。イプセンの『人形の家』の主人公の名前から取った劇場は、東京の演劇人なら誰もが憧れる場所だ。キャパも三百人ある。

……素人の初舞台がシアター・ノラ。

ハードルが高過ぎる。

稽古初日が衝撃的だった。

台本を持っての読み合わせをしたのだが、大海原らぶは漢字に異常なほど弱かった。「美人局《つつもたせ》」を「びじんきょく」、「逆撫《さかな》で」を「ぎゃくなで」と言ったり、「強面」を「きょうめん」と読んだときはギャグを言っているのかと思ったぐらいだ。

演技力はもっと酷かった。

大海原らぶの台詞回しは棒読みどころではない。幼稚園のお遊戯会レベルである。台詞を間違える度に、「やだー!」とか「むずかしー!」と甲高い声でキャピキャピして演技を止めるので稽古がなかなか進まない。

演出の俺が「大丈夫。誰でも最初はそんなもんやで」とか「とりあえず照れずにやってみようか」と励ましたが効果なしだった。

「おい。ちゃんと、やろうぜ」

稽古終盤、酒井遥輝がさすがにキレた。

「ごめんなさい……上手にできなくて……」

大海原らぶが泣き出し、稽古場が最悪の空気に包まれる。

「ピーピー、泣いてんじゃねえぞ」

「演技……どうやったら……いいですか」

「知らねえよ！」

酒井遥輝が自分の荷物を持ち、勝手に稽古場を出て行った。

ヤンキーやんけ……。

演技に対して熱いのはいいが暴走は迷惑だ。チームＫＧＢのメンバーも強張った顔で固まっている。彼らに取っては初めての芸能人との仕事なのに、これでは余計にガチガチになってしまう。

演出家として、酒井遥輝を抑えることができなかった。もっと言えば、俺が大海原らぶに厳しく指導すべきだった。

相手が有名人だから、遠慮してしまった。

ダサい。最高にダサい演出家だ。


『さよならエイリアン』

チームＫＧＢの本公演のタイトルだ。

時代設定は昭和四十六年の大阪。大阪万博の次の年だ。下町のラーメン屋を舞台にした人情劇である。

そのラーメン屋の娘が東大の物理学の助教授と恋に落ち、二人は娘の父親に結婚の許しを得ようとする。

だが、ラーメン屋の父親は近所でも有名な変人だった。幼少の頃、宇宙人に誘拐された経験があると言い張り、それ以来、ずっとＵＦＯを探し続けている。結婚して、子供は生まれたが、ＵＦＯに夢中で嫁に逃げられてしまった。

もちろん、助教授は門前払いを受ける。

諦めきれない助教授は、飲み屋で知り合ったチンピラに酔った勢いで相談する。

チンピラのアドバイスは突拍子のないものだった。ＵＦＯをダシに父親と仲良くなれと。

「ＵＦＯを作れ」

ここまではベタな喜劇として描かれるが、いきなり物語が反転する。

実はこのチンピラはラーメン屋の娘の幼馴染の詐欺師だった。

ラーメン屋の父親は癌に侵されて、余命が一年と医者から宣告される。

死ぬ前に父親の夢を叶えてあげたい。ＵＦＯを見つけるという夢を。

娘は詐欺師とグルになり、作戦を練る。東京の優秀な物理学者を連れて来て、科学のトリックを使ってＵＦＯの怪現象を起こし、今までさんざん父親を馬鹿にしてきた世間を見返すのだ。

助教授が科学の知識を駆使した結果、世間は大騒ぎとなる。

しかし、娘と詐欺師の計画がバレて、助教授は自分が騙されたことに気づく。

二人の間に、愛はなかったのだと……。

「これはどういうことかな……」

助教授役の酒井遥輝がボソリと言った。

稽古場が一気にピリッと引き締まる。クライマックス手前の嘘がバレたシーン。迫真の演技だ。

「オトンを喜ばせたくて、次郎に協力してもらってん。えーと、ずっと馬鹿にしてきた連中を見返したかってん」

対して大海原らぶの演技は目を覆いたくなるほど酷い。プロフィールには兵庫県出身と書いていたのに、関西弁のイントネーションも微妙に違う。

「僕の見てきた君は、本当の君ではないんですね」

酒井遥輝は本来、やんちゃなキャラだが、見事にインテリの助教授を演じている。

「えーと、ごめんなさい」

「つまり、僕は、ただ利用されていただけなんですね」

のだ。

「えーと、許してください」

「おかしいと思ったんだよ。こんな僕がプロポーズなんてされるわけないのに」

感情を押し殺した台詞だ。心の中で悲しみが爆発しているのが伝わってくる。

酒井遥輝の凄さは、イケメンを消せるところにある。女性に疎い奥手の男に見える
のだ。

「えーと」

「カット！」

我慢できずに止めた。演出家としてさすがに黙ってられない。

「らぶちゃん」

「は、はい……」

早くも大海原らぶが泣きそうになる。

「さっきから、その『えーと』って何なの？」

「すいません……癖なんです」

「それはわかってるけど、『えーと』は言わないでくれるかな」

「言わないと……台詞を思い出せないんです」

大海原らぶが目を潤ませる。

「おいおい」

酒井遥輝のため息が聞こえた。

ここは甘やかしたらダメだ。演出家としてガツンと言わなければならない。

「らぶちゃん、俺たちはプロやんな?」

「はい……」

「お客さんから、お金を取ってパフォーマンスを観せなあかんねん」

「わかってます。だから……怖いんです」

「たしかに怖い。でも、もっと恐怖を感じている人がいる」

「演出家さんですか?」

「違う」

「スタッフさんですか?」

「違う」

「誰なんですか?」

「お客さんや」

「えっ?」

「お客さんが、誰よりも怖がってるねん」

「……意味がわかりません」

大海原らぶが、露骨に首を捻る。

イラッとしたが堪えるしかない。本番まであと二週間しかないのだ。

「演劇というエンターテイメントはあまりにも事前情報が少ないやろ。映画みたいに予告編があるわけじゃないし、チラシにもあらすじがほとんど書かれない」

「舞台が初めてなんで、よく知りません」

「ほな、わかりやすく喩《たと》えたるわ。服は買いに行くやろ？」

「ショッピングですか？　たまに……」

「服を選べなかったとしたら？」

「はい？　試着できないんですか？」

「お金は払わなあかんけど、どんな服が出てくるかわからんねん」

「じゃあ、買いません」

「なんで？」

「似合わなかったり、サイズが合わないかもしれないじゃないですか」

「演劇のお客さんがそうや。高いチケット代を払ってるのに、幕が開くまではどんなものを観せられるのかわからへん」

大海原らぶが、ハッと目を見開く。ようやく気づいてくれたみたいだ。

「……怖くないんですか？」

「その分、面白い舞台やったときの感動は凄まじい。映画よりもドラマよりも、素晴らしいライブは何倍も観客の心を揺さぶるねん」

「なんか……すいません……」

大海原らぶが泣き出した。

さすがに響いてくれたか？　ただ、明らかに悔し泣きだ。まだお客さんのことまでは考えられないのだろう。自分のことで精一杯なのだ。

「らぶちゃんはまず台詞をちゃんと覚えて。色々と考えてまうやろうけど、できることから、ひとつずつ頑張ろう」

「わかりました……」

「あと、稽古場では泣くな。ここはプロの現場やぞ」

「……はい！」

大海原らぶが涙を拭い、背筋を伸ばす。

俺はチラリと稽古場の反応を確認した。

チームＫＧＢは無反応を装ってはいるが、俺が大海原らぶにビシッと言ったことに満足げだ。火野も赤星も口元がニヤけそうになっている。

酒井遥輝はパイプ椅子に腰掛け、台本を読んでいた。

……まだ怒りは収まってへんな。

当たり前だ。自分が主演の舞台でヒロインはど素人、他の演者は無名の劇団員なのだ。稽古初日から、大海原らぶとは台詞以外で話を交わしていない。

これはマズいぞ。非常にマズい。

舞台とは不思議なもので、役者の持っているものすべてが出てしまう。いいところも悪いところも観客に伝わってしまうのである。

いくら面白い脚本でも、いくら冴えた演出であっても、いくら役者が熱演したとしても、この公演は失敗してしまう。熱心な演劇ファンであればあるほど、座組の不協和音を察知するだろう。

早急に対策を打たなければ手遅れになってしまう。

「稽古終わり、時間ある？」

休憩時間。俺はこっそりと酒井遥輝に訊いた。

「……飲みに行きますか？」

どうやら、向こうも同じことを考えていたみたいだ。俺は禁酒中で飲めないが、酒の力を借りて腹を割ってもらおう。

「居酒屋とかでいいかな?」

「どこでもいいですけど、条件があります」

「……何かな?」

「大海原も呼んでください」

修羅場はまだまだ続く。

乗り越えた先に、栄光がある。そう信じたいが、俺は真っ暗な夜道でアイマスクをつけてチャリンコに乗っているような錯覚に陥った。

事故の確率は、限りなく百パーセントに近い。

5

「公演の成功を願って、乾杯しようか」

俺はウーロン茶のグラスを構えて言った。

稽古が終わった後の二十一時半。

俺と酒井遥輝と大海原らぶは、下北沢の海鮮系居酒屋の個室でテーブルを囲んでいた。

「カンパーイ！　いえーい！」

大海原らぶがニコニコしながら、レモンサワーのグラスを挙げる。

ど天然なのか？　それとも肝が太いのか？

普通の神経ならば、あれだけ稽古で迷惑をかけておいてこんな陽気な態度は取れないだろう。

ビールジョッキを持つ酒井遥輝の頬が、ヒクヒクと痙攣《けいれん》している。

「せっかくのこういう場やから遠慮せずに意見を言い合おうや」

「善太さんはどう思ってるんですか？」

酒井遥輝がすかさず言った。

「今回の芝居、面白いですか？」

この男は男で、いい度胸をしている。

「脚本はおもろいと思うよ」

俺は負けじと返した。演出家として威厳を失うわけにはいかない。

「オレも脚本に文句はありません。だからこそ、もったいなくないですか？」

「すいません。アタシのせいですよね……」

大海原らぶがレモンサワーのグラスを置いてシュンとなる。

「チームＫＧＢの芝居にも問題があるんじゃないですか」

「えっ？」

「ぶっちゃけ、低レベルです。取りこぼしが多いですよね」

まだ、ビールを一口しか飲んでいないのにぶっちゃけ過ぎだ。ただ、それだけ役者という仕事に対して本気なのだ。

俺は同じ事務所の深海りんを思い出した。

彼女は映画の撮影現場に台本を持ってこなかった。台詞を完璧に覚えているからだ。たしかに、チームＫＧＢたちの演技は大海原らぶよりはマシだがプロフェッショナルにはほど遠い。

「取りこぼしって何ですか？」

大海原らぶがホッとした顔になり、質問した。自分だけが責められるわけじゃないとわかって安心したのだろう。

「善太さんの脚本ならもっと笑いが取れるはずなのに、チームＫＧＢの人たちは間のとり方や台詞の言い方にミスが多いんだよ」

「どういうミスですか？」

「火野さんは雰囲気があるけど自分のペースで芝居を作り過ぎている。演劇はチームプレーなのに、火野さんが流れをぶった切っているからグルーブ感が生まれない。火野さんが余計なところで目立ってしまって周りの役者を殺してるね」

「そうなんですね」

大海原らぶが目を丸くして頷く。

……おっしゃる通りだ。

火野は共演者のことなんて考えない。自分が良ければそれでいいのだ。赤星は後輩だが、そんな火野の身勝手さに辟易しており、東京に来てから二人の仲はどんどん悪くなっている。

「赤星さんは余計なプライドが邪魔してる。自分以外の役者がおいしいシーンと、自分がおいしいシーンのときのテンションに差があってキャラがブレているんだよ。板の上で役じゃなしに赤星さんの素が出るので観客がさめてしまう」

またまたおっしゃる通りだ。

赤星の弱点はまさにそこで、火野とは違う。

「板の上？」

「ステージの上ってこと」

「なるほど！　勉強になります！」

大海原らぶが尊敬の眼差しで酒井遥輝を見る。自分以外のダメ出しを聞くのは実に楽しそうだ。

「新人の三人は集中力に欠けている。制作としての仕事があるのはわかるけど、先輩が演技しているときは手を止めてちゃんと稽古を見るべきだ」

「ですよねー。アタシもそれは気になってましたー」

「善太さん、今からでも制作スタッフを雇えないんですか？」

酒井遥輝が生ビールをグイッと飲み、俺をジロリと睨む。

「雇えなくはないけど……」

ハッキリ言って雇う余裕はない。主演とヒロインのギャラのせいで、経費が膨れ上がっているのだ。

「どうして、役者がスタッフをやるんですか？」

「勉強のためやで」

これは嘘ではない。劇団は運営面も自分たちでできるだけやるのが常だ。

「何の勉強？」

「劇団員は君らと違って、最初から俳優事務所に所属できるわけとちゃう。何年もフリーで活動するしかない。その中で、チケットを手売りしたり、衣装や小道具もやる。スタッフ側の気持ちを理解したり、色んな体験をすることで役作りに生かすねん」

それが雑草としての戦い方だ。

「提案があるんですけど」

酒井遥輝が納得していない顔で言った。

「何かな？」

「客演を足して欲しいです」

客演とは、劇団員ではなく公演に参加する外部の役者のことである。

「え？　今からですか？」

大海原らぶがさらに目を丸くして驚く。

「まだ二週間ある」

「無理だと思いますけど……」

「演劇に無理なんて言葉はないんだよ。ねえ、善太さん？」

「お、おう……」

そういう訊き方をされたら同意するしかない。

「無名でもいいんで、知りあいに実力のある役者はいますか？」

「いないわけではないけど……」

「ぜひ、座組に入れましょうよ！　もっと面白くなりますよ！」

酒井遥輝がグイグイと迫ってくる。目が輝いているのを初めて見た。

主演のモチベーションを上げる。

演出家の仕事で最も大切なことだ。

「わかった……何人かに当たってみるわ」

「ありがとうございます！　らぶちゃん頑張ろうな！」

「はい！」

大海原らぶが顔を赤く染めて、ウットリとしている。

助っ人を呼べばクオリティーが上がるのは間違いないが、その分、役が減るからチームＫＧＢの不満も上がる。

どう説明すればいいのか……明日までに考えなくてはならない。

俺はウーロン茶で、ため息を喉の奥に流し込んだ。こんな夜こそ、強い酒を飲みたくなる。

結局、酒井遥輝と大海原らぶとは午前二時まで飲んだ。

酒井遥輝は酒のピッチがかなり早く、ベロベロになりながら熱い演技論から芸能界への不満をずっと一人で語っていた。

俺は適当に聞き流しながら時間をやり過ごした。ウーロン茶のおかわりをし過ぎてお腹がタプタプだ。

大海原らぶは嫌な顔一つせず、真剣に逐一頷きながら酒井遥輝の話を聞いていた。ど天然なところはあるが、基本的には真面目な子なのだろう。

チームKGBに足りない部分はこういうところなのかもしれない。

謙虚さ。純粋さ。愚直さ。

そんな奴らを関西のアンダーグラウンド出身の俺たちは小馬鹿にしてきた。捻《ひね》くれてなんぼの世界に長く居たので、馬鹿正直に生きるのが怖いのだ。

「アタシ、同じ方向なので酒井さんを送っていきます」

大海原らぶに酩酊状態の酒井遥輝を任せて、俺は帰りのタクシーに乗り込んだ。


「……おかえり」

家に着くと千春が起きていた。俺に背を向けて、キッチンで皿を洗っている。

「お……ただいま」

何も疚《やま》しいことはしていないのに罪悪感を覚えてしまう。

「遅かったね」

「ごめん。酒井君が悪酔いしたんよ」

帰る前に、一応、ラインをしたが既読にならなかった。

「そうなんや……」

「どうしたん？　何かあった？」

様子がおかしい。俺は千春の腕を掴んで強引に振り返らせた。

千春の目が赤く腫れ上がっている。

「……勇太」

「お義父さんに何かあった？」

直感でそう思った。数ヶ月前から体調が悪いと聞いていたからだ。

「今日の夕方に倒れたって……緊急入院やって」

「入院？　ほんまに？」

「ずっと心臓が悪かったって……」

初耳だ。体調が悪いと聞いたときは、年齢が年齢なのでパン屋の仕事がキツくなってきたぐらいのニュアンスだった。

「何で、俺らに黙ってたん？」

「お母さんに訊いたら……勇太が東京で仕事に集中できるように、心臓の病気のことはウチら夫婦に教えるなって……お父さんからキツく言われてたって」

「嘘やろ……」

七年前。俺と千春の上京を快く了解してくれたとき、違和感を覚えた。俺とは真逆の頑固な商売人だから、俺たちの無謀な挑戦に絶対反対すると思ったのだ。

ひょっとしたら、そのときから心臓を患っていたのか？

千春の父親ならありえる。


俺が小説家としてデビューした日の夜、千春の父親からメールが来た。

〈梅田と難波の大きな本屋に行きました〉

文章と一緒に、平積みされている俺の小説の画像が添付されていた。

千春の父親はパン屋の仕事の合間に、自転車で書店を回ってくれた。本棚に向かってぎこちなくスマホを構える姿が目に浮かんだ。

大阪時代、千春の父親から説教されたことを思い出す。チームＫＧＢがストリップ劇場でやったハチャメチャな前座を目撃し、激怒して俺をファミレスに呼び出した。

「勇太君は、仕事を舐めてんのか」

千春の父親は声を震わせて言った。

愛娘《まなむすめ》がわけのわからない劇団員と付き合っている怒りよりも、長年、地道に続けてきたパン屋のプライドを俺が傷つけてしまった。

「仕事がどういうものかわかってるんか。一発逆転が起こるギャンブルやないぞ。毎日、コツコツと同じことを繰り返して、やっと僅かな金を頂けるんや」

千春の父親のゴツゴツとした手には説得力があった。毎朝、まだ暗い時間に起きて生地を練り、何千ものパンを焼き、家族を養ってきた。

だから、千春の父親はぶっきらぼうなメールで、小説家として結果を出した俺を祝福してくれた。不器用で照れ屋の親父さんらしいやり方だ。

今度は勇太君の番やぞ。男として仕事で家族を守っていくんやぞ。

そうメッセージを送ってくれたのだった。

「明日、大阪に帰ろう」

「ウチと小次郎と陽菜だけで行く」

千春が静かだが力強い口調で言った。

「何でやねん、俺も行くわ」

「あかん。明日も朝から晩まで稽古やろ。お父さんからキツく言われてんねん」

「えっ？」

「勇太は仕事をしろって。男は何があっても現場を離れるなって」

千春の言うとおりだ。

病院に駆けつけたところで、「仕事を舐めてんのか」と叱られるに決まっている。

あの人は、本物の職人で本物の男だ。

「……わかった」

「お父さんのためにも絶対に舞台を成功させてや」

千春が優しく微笑む。

知っていたけど、強い女だ。紛れもなく、あの人の血を引いている。

6

客演は二人の俳優を選んだ。

一人目は西城秀郎《さいじょうひでろう》という二十代後半の役者だ。

体重百キロという巨漢であるのに加えて、頭頂部が立派に禿げている。どう考えても四十代後半にしか見えない秀逸なキャラだ。

彼との出会いは、野茂竜彦の紹介だった。野茂がアンサンブルで出演したミュージカルをたまたま観に行ったときに、ステージで大きな腹を揺らして踊るハゲたおじさんがいたのだ。

「あの人は何者なん？」

終演後の楽屋挨拶で野茂竜彦に訊いたところ、まだ二十代と言われて腰を抜かした。もったいない！

脚本も真面目なら、演出にも捻りがなくて、彼のキャラを活かし切れていなかった。

「いつか、俺の作品に出てな」

そう約束していたのが西城秀郎である。

二人目は喜多田貢《きただみつぐ》というこれまた二十代後半の役者だ。

彼とは打ち上げの席で出会った。赤星が連れて来たのだ。リーゼントでボウリングシャツ、映画『アメリカン・グラフィティ』から飛び出してきたような伊達男である。元ラグビー部の体育会系で俺と気が合ったので、「いつか客演で呼ぶわ」と緩い約束をしていたのを思い出した。大酒飲みなのが少し気になるが根性はあるだろう。

二人の役者に連絡を取り、渋谷のカフェで待ち合わせをした。

俺だけだと緊張するだろうから、野茂竜彦にも来てもらった。

「チームKGBを助けて欲しいねん」

俺は正直に打ち明けた。

「西城と喜多田の力を貸してくれ」

本番ギリギリでの依頼はかなりのプレッシャーがかかる。普通なら絶対に受けてもらえない。

「僕はどんな役なんですか？」

西城が不安げに訊いた。

「ヒロインの父親役や」

本来は俺が演じる予定だったが、西城にやってもらえれば俺はその分、演出に専念できる。

「オレの役はどんなキャラですか？」

喜多田は期待に胸を膨らませている。

「悪役や。主人公を追い詰める刑事をやってもらいたい」

二人とも客演としては、かなりおいしい役だ。ぶっちゃけ、チームKGBの新人よりも扱いがよくなる。

ただ、西城と喜多田が入ってくれたら酒井遥輝が求める底上げには確実になる。二人ともまだ粗削りだが光るものはあるからだ。

もしかしたら、この公演で化けるかもしれない。

俺はウーロン茶を飲みながら、二人に色々と語った。大阪時代のストリップ劇場の前座のこと。千春のこと。将来、映画監督に絶対になるつもりでいること。

「僕で良ければよろしくお願いします」

「全力で挑みます！」

一時間後、二人が快諾してくれた。

「この公演が成功する予感がします」

野茂竜彦も嬉しそうに言った。

「俺が映画を撮るときはお前ら三人に出てもらうから、よろしく頼むで」

「はい！」

三人が声を合わせた。

男の約束だ。必ず達成してみせる。


本番三日前、事件が起きた。

スタジオでの通し稽古中、酒井遥輝がブチ切れてしまった。大声で怒鳴り、パイプ椅子を蹴り上げたのだ。

「ふざけんなよ！　テメーら！」

怒りの矛先は、チームＫＧＢの新人たちだ。

「集中しろよ！　学芸会じゃねえんだぞ！」

たしかに、みんな凡ミスが多かった。新人だけではなく、火野や赤星も台詞の間違いや甘噛みを連発していた。

チームＫＧＢは反論できず、肩を落としている。俺も何と声をかけていいのかわからなかった。

客演の西城と喜多田の加入により明らかにクオリティーが高まったのに、劇団員が足を引っ張っている。

「休憩ですよね？　タバコ吸ってきます」

酒井遥輝が、俺の返事を待たずにスタジオを出て行った。そのあとを、大海原らぶが子犬のようにチョコチョコとついていく。

「あの二人、絶対にデキてるよね」

赤星が軽蔑の眼差しで、鼻を鳴らす。

「百パー、ヤッてますよ」

鳳秋子が賛同する。

おそらく、下北沢の居酒屋で話し合った夜に二人は男女の関係になった。泥酔した酒井遥輝を「私が送ります」と言った大海原らぶを健気に思った俺がアホだった。大海原らぶは、したたかな女だ。キャリアの浅さで肩身が狭かった立場を一気に引っくり返した。

居酒屋の次の日から、稽古場で酒井遥輝は大海原らぶを一切責めなくなった。それどころか冗談を言い合い、互いにボディタッチが増えまくっている。

女の武器を使うのは本人の勝手だが、他のメンバーの士気は著しく下がった。

「人のことはええねん。まずは自分たちのことやろうが」

俺はチームKGBの女たちに言った。

さらに稽古場が白けた空気になる。

「飲み物……買ってきます」

居心地が悪そうにしていた西城と喜多田が目を合わせて、スタジオを出て行く。

「オレも腹減ったし、コンビニ行こうかな」

火野が立ち上がろうとしたが、俺が止めた。

「アカン。話がある」

「何の話っすか？」

「芝居に決まってるやろ」

「全然、ダメっすね。とくに虫男が酷かった」

自分が怒られたくないので後輩を盾にする。火野の悪い癖だ。

「すいません……ちょっと……しんどいでやんす」

丸亀虫男が目をショボつかせる。

「どうしてん？　何かあったんか？」

「昨日、父親から電話があったでやんす」

ピンクのモヒカンは今回の作品に合わないので丸刈りにした。ちなみにこの「でやんす」口調は酒井遥輝にまったくウケずに無視されている。

「親父さんがどうしてん？」

「元々、肝臓が悪かったでやんすが検査入院をするので……」

丸亀虫男が肩を震わせる。今にも泣き出しそうだ。

「大丈夫や。ハッキリ言え」

「役者を辞めて香川に帰って来いと言われました」

どれだけ周りから馬鹿にされても続けていた「でやんす」を使わず、丸亀虫男が言った。

「公演が終わってから考えろよ」

火野が舌打ちをする。

「火野さん、黙ってください」

赤星が噛みついた。

「はあ？　オレ？」

「虫男は真剣なんです」

「オレかって真剣やって」

「いいから静かにしてください」

赤星は俺と同じ片親だった。

俺の父親は小学生のときに事故で亡くなったが、赤星の父親は離婚で家を出て行った。赤星が五歳のときだ。

他に女を作ったのだ。今、父親は再婚して別の家族と過ごしている。

赤星はずっと父親と連絡を取っていなかったが、上京する前、父親に会いに行った。

東京で女優になる。だから、援助して欲しい。

なるべくバイトをせず、時間を作るために父親に頭を下げたのだ。

「虫男、お前はどうしたいねん」

「役者を続けます……チームＫＧＢのメンバーでいたいです。でも……」

「でも？」

「父親に借金があると打ち明けられました。払えないと実家がなくなるって……」

重たい沈黙に全員がうなだれる。

夢は一人で追えない。家族や恋人を巻き込んでしまう。その逆もある。家族や恋人のために諦める人も多い。

実家が金持ちなのは才能のひとつ。

東京に来て、何人かの業界の先輩から言われた言葉だ。そして、東京に実家があるのも才能のひとつである。

地方から夢を持って出て来た人間は、住むだけでお金がかかってしまうのだ。

家賃のことを考えて埼玉や神奈川に部屋を借りるパターンもあるが、結局は交通費がかかるし、都内での目上の人との食事や飲み会などのチャンスを逃す可能性が高い。

できれば都心に近いところに住みたい。となると、一人暮らしでどれだけボロい物件を選んでも家賃と光熱費で十万円弱はかかってしまう。

生活するためにはアルバイトで少なくとも十五万円は稼がないといけない。それが東京で夢を追っている人たちの現実だ。

「公演は俺らが何とかするから香川に戻った方がええんちゃうか」

実際、丸亀虫男は脇役なのでカバーはできる。

「いいえ。最後までやり切るでやんす。みなさんに話せてスッキリしたでやんす」

丸亀虫男が無理やり笑顔を浮かべた。

「そうか……じゃあ、休憩のあとは切り替えていこう。通しでミスったところを返すで」

誰も返事をしなかった。

俺が頑張れば頑張るほど、仕事がうまくいけばいくほど、俺とチームKGBとの溝がどんどん深まる。

この公演もそうだ。

俺が劇団のために動く努力は、チームKGBの喜びにはならない。客演の追加により、おいしい役を奪われる形になって劇団員たちのモチベーションはさらに落ちた。

公演さえ、大成功すれば……。

すべてが変わる。そう信じて前に進むしかない。

その日の深夜、電話がかかってきた。

寝ていた俺は、真っ暗な部屋で枕元のスマホを取った。画面を確認しなくても電話の相手はわかる。

「座長……」

丸亀虫男だった。スマホの向こうで泣きじゃくっている。

「何も言うな」

「僕……本当に……」

「わかってる。親父さんのために香川に帰ったれ」

「……すみません」

「すべてが落ちついたらまた東京に来い。俺は死ぬまで劇団を続けるから。代官山の書店の店長を見返すんやろ?」

丸亀虫男は、以前、ピンクのモヒカンを隠すために小道具のカツラを被ってアルバイトの面接を受けた。そこで、店長に「ヅラだよね?」とすぐに見抜かれて「劇団なんかやっている人間は社会人ではない。甘えているだけのクズだ」と罵倒された。

こんな夜中に、大の男が悔しくて泣いているのはたしかにクズだ。

でも、クズにはクズの意地がある。誇りがある。

くだらないことを本気で命懸けでやる馬鹿もいるのだ。

演劇も小説も映画も人生に必要不可欠なものではないかもしれない。だけど、俺は救われた。父親が事故でこの世から突然消えて、俺の心にポッカリと穴が空いた。その穴はまだ埋まってはないが、おもろい映画を観ているときは、心の穴のことを忘れていられる。

フィクションという現実逃避でしか、魂を救えないこともあるのだ。

「座長、ありがとうございます……絶対、見返すでやんす」

丸亀虫男が鼻をズビズビとすすり上げて言った。

7

〈誕生日おめでとう〉
○時一分。千春からメールが来た。
〈ありがとう！　稽古が終わって、さっき家に帰ってきたとこ〉

俺は風呂にお湯を張りながら返事をした。

クタクタだ。晩ご飯を食べてないし、昨日は公演の準備でほとんど寝ていない。

〈いよいよ、初日やね〉

〈めっちゃヤバい。せめて、あと一日欲しいわ〉

今日が自分の誕生日だということも忘れるほど、俺は追い詰められていた。


演劇の公演は時間との勝負だ。

チームKGBのような弱小劇団は劇場を借りる日数が限られる。仕込みで一日、リハーサルで一日がギリギリのラインだ。

まず、劇場入りの日、仕込みが押した。

美術の建て込みがうまくいかなかった。美術の担当者が用意するはずの補佐の一人が当日の朝に発熱で来れなくなってしまったのである。

急遽、チームKGBの野茂竜彦が代わりに補佐に入ったが、いかんせん素人だ。叩きもできず、パンチを押さえたり、パネルを支えるので精一杯だった。

何とかラーメン屋の美術が建ったときは感動した。

今まで、チームKGBは舞台セットらしいものを使わないで公演をしていた。経費にそんな余裕がなかったからだ。

「贅沢ですよねえ」

赤星がラーメン屋のカウンターに座り、ウットリとした顔になる。

「ほんまにラーメンが作れそうっすね」

火野も珍しく皮肉を言わない。

「金がだいぶかかってるからな」

俺は笑いながらぶっちゃけた。

今回はチームＫＧＢの勝負作だ。有名人の酒井遥輝を起用したことで業界の関係者がたくさん来場する。マネージャーの國からも映画会社やテレビ局のプロデューサーを招待したと連絡があった。

絶対に失敗はできない。

美術で少しでも芝居の完成度が上がるならと出費を覚悟した。東京の美術は関西と比べて高いが背に腹は代えられない。

こうやって、何もなかったステージの上に舞台セットが出来上がると経費をかけて正解だったと実感する。フツフツと高揚感が湧き上がり、劇団員たちの顔が輝きを取り戻してきた。ほとんど舞台経験のない新人たちは嬉しさでニヤけっぱなしだ。

どれだけ不満が募っても、しんどくても、演劇人は板の上でしか生きられない。

そうか……俺とコイツらは夢が違ったんやな。

このタイミングでやっと俺とチームKGBのズレが理解できた。

俺の夢は映画監督だ。

映画を撮るために今まで走り続けてきた。他人から馬鹿にされようと借金が増えようと先輩から土下座させられようと、映画のために耐えてこれた。

だけど、チームKGBの夢は役者として売れることだ。知名度を上げ、アルバイトを辞めることだ。

そのためにはちょっとでもいい役、一行でも多くの台詞が欲しいのだ。

劇団のためとはいえ、誰であろうが自分よりいい役を与えられて心から納得はできないだろう。

キャスティングの前に、ちゃんとチームKGBと話をするべきだった。俺はダラダラと生活していたメンバーに苛つき、自分が何とかしなければ、引っ張っていかなければと前のめりになり過ぎた。

公演が無事に終わったら謝ろう。観客と関係者にウケて絶賛されれば、俺がやろうとしてたことをわかってもらえ、自分たちが努力不足だったことを反省してくれるはずだ。

そこで、やっと劇団が変われる。大きく前に進める。

「ふざけんなよ！　何だよ、このセットは！」

怒鳴り声が、俺たちの盛り上がってきた雰囲気をぶち壊した。

酒井遥輝が小屋入りして、舞台監督に連れられて美術の確認に来た。大海原らぶも当たり前のように横にいる。

「何か……問題がありますか？」

舞台監督が顔を強張らせて訊く。三十代後半の女性で小学校の優しい担任の先生のような柔らかい空気を纏《まと》った人だ。

「ショボ過ぎるだろ！　こんなんじゃ、お客さんが物語の世界に入ることができねえよ！　なあ？」

あまりの剣幕に、横の大海原らぶが反射的にコクリと頷く。

「どうしましょう……」

舞台監督が助けを求めて俺を見る。

どうしようもない。これ以上、美術にかける予算がないし、そもそも時間がない。

「もう少し汚しをかけて昭和感を出せますか？」

「わかりました。美術さんに伝えます」

舞台監督が逃げるように、休憩中の美術スタッフの元へと向かった。

「チームＫＧＢはダメだ！　この公演はコケた！」

酒井遥輝の怒りはまだ収まっていない。

これまで立ってきた大劇場のセットと比べているのだろう。オールキャストが芸能人でチケット代が一万円近くして、一ヶ月や二ヶ月のロングラン公演ならばセットに数千万円以上をかけることができる。中には製作費が一億円を超える舞台もある。

ポツンと建っているラーメン屋のセットが急に悲しく見えてきた。さっきまでにこやかだったチームＫＧＢたちはお通夜の参列者みたいな顔になっている。

「大丈夫。成功するから」

俺は自分に言い聞かせるように呟いた。

「マジで言ってます？　あの稽古場の空気ですよ？　最後の通し稽古も誰も笑ってなかったでしょ？」

酒井遥輝が俺に噛み付いてくる。

本番前の主演は誰だってナイーブになってしまう。何回、舞台に立とうと、生のお客さんを目の前にする演劇というエンターテイメントは恐ろしい。

「それは初日にお客さんが判断してくれる」

「全然、面白くないのに？」

「俺は面白いから大丈夫」

「ずいぶんとおめでたいですね。演劇舐めてます？」

酒井遥輝が心底呆れた顔で大げさに眉をひそめた。

劇団員の前で喧嘩を売られている。俺は頭に血が昇りそうになるのを必死に堪えた。

『お願いだから、勇太君は勝って。負けて散っていった者のために、君には勝つ責任があるの』

大阪時代、ストリップ劇場でお世話になった踊り子さんの言葉だ。

呪文のように心の中で何度も唱える。

客が三人しかいなかったストリップ劇場を満席にした。あのときの戦いに比べたら、下北沢の立派な劇場でやれるのは幸せなことだ。

「責任は俺が取る。初日がコケたら煮るなり焼くなりしてくれや」

「楽しみですね」

酒井遥輝が俺を睨みつけ、楽屋へと去って行った。大海原らぶもちょこちょことあとをついていく。

「何か……初めて役者を辞めたくなりました」

赤星がラーメン屋のカウンターで涙ぐみ、ボソリと呟いた。

〈またトラブル？笑〉

千春が、スマホ片手に微笑んでいるのが浮かぶ。

〈またって何やねん笑〉

俺も思わず笑みを溢《こぼ》してメールを返す。

〈勇太の人生っていつもそうやん。自分から地雷まみれの道に突っ込んでいくねんから〉

〈自分でもわかってる。いい加減、安全な道を歩けばいいのに、どうしてもできへんねん。アホやろ？〉

〈うん。アホ。でも、それが勇太やから〉

〈ありがとう。元気出たわ〉

〈誕生日のお祝い、家族でできなくてごめんね。ウチらが東京に戻ったら派手にパーティーしよう！〉

〈お父さんの様子はどう？〉

〈元気よ、病院のご飯がおいしくないから５５１の豚まん買ってきてくれって子供み

たいに駄々こねてたわ〉

きっと嘘だ。千春の父親は、娘が心配しないように、俺が公演に集中できるようにわざと明るく振る舞っているだけだろう。

〈よかった。お父さんのためにも公演を成功させる〉

〈観に行きたかったわ。成功は間違いないよ。勇太が書く物語はいつも面白いから〉

この言葉が一番の誕生日プレゼントだ。

風呂に入って寝て起きたら、ハードな一日が待っている。スケジュールが大幅に押したせいで、照明と音響のチェックがまだ終わっていない。

下手をすれば、ゲネプロ（通しの最終稽古）が間に合わないまま夜の本番を迎える可能性もある。

〈頑張る！〉

〈無理しないでね。大阪から小次郎と陽菜と応援してるよ！〉

〈おやすみ〉

電話で声を聞きたかったが向こうは実家だ。

〈おやすみー！〉

小次郎と陽菜が寝ている画像が送られてきた。二人とも口を開けて爆睡している。

眠りかたが千春にそっくりだ。

8

初日の十九時。チームKGB本公演『さよならエイリアン』の幕が開いた。

俺は舞台袖で芝居を見守った。

滑り出しは順調。酒井遥輝の登場で客席から拍手が起きる。観客の期待感はかなり高い。

心臓がバクバクする。

酒井遥輝の次の台詞でこの公演の運命が決まる。

「静まれ、自律神経を脅かすホルモンよ。静まれ、ノルアドレナリンよ」

客席からクスクスと笑いが起きる。

よっしゃー!

俺は舞台袖で小さくガッツポーズをした。

恋愛に疎い物理学者を表現する台詞だ。酒井遥輝はわざとらしくなく、気持ち悪い一歩手前の微妙なラインを狙って演じてくれている。

さすがだ。デカい口を叩くだけある。

「ノルアド……って何ですか？」

ヒロイン役の大海原らぶがぶりっ子のトーンで返す。

物理学者が、ラーメン屋の大将に「娘さんをください」というシーンだ。

「ノルアドレナリン。不安や緊張を引き起こす神経伝達物質です。いわゆるストレスホルモンってやつですよ」

「へーえ。すごいですー！」

酒井遥輝が得意げに銀縁メガネをクイッと上げるが、すぐに緊張で吐きそうになってうずくまる。

大海原らぶが優しく背中を擦ってやり、酒井遥輝が徐々に落ち着く。肉体関係がある二人なので、ボディタッチは自然にできている。

「ありがとう。ノルアドレナリンがどこかにいっちゃった」

酒井遥輝が照れくさそうに言う。

また客席から笑いが起きた。さっきよりも反応がいい。

「やっぱりスーツ脱いだ方がいいのではないですか？　暑いでしょ？」

「ダメです。こういうときは、キチンとした格好でご挨拶をしなくては、一般常識のない男だと思われてしまいます」

「大丈夫ですよ。ウチのお父さん、一般常識がないのです」

「そんなことはないです。こんな素敵な女性を男手ひとつで育成したんですから」

「育成って、スポーツ選手みたいですね」

さらに笑いが生まれる。

観客は二人のやり取りを楽しんでくれている。大海原らぶのキャリアを考えれば上出来だ。

「東京生まれ、東京育ちの僕を気に入ってもらえるかな」

「そんな細かいこと気にする人ではないです」

「僕たちは、まだ付き合って浅いし……」

「愛に時間は関係ないですよ」

「そうですよね。『分別を忘れぬような恋はそもそも恋ではない』と言いますもんね」

「それは誰の言葉ですか」

酒井遥輝が得意げにメガネをクイッと上げる。

「トーマス・ハーディ。イギリスの作家であり、詩人です」

「へーえ。すごいですー!」

大海原らぶが体をくねらせて、さらにぶりっ子を強調させる。

これは俺の演出だ。あとから、ヒロインの本性が出たときのギャップをつけるためにあえてわざとらしいキャラにした。

酒井遥輝がキリッとした顔になり、ショルダーバッグと手土産をカウンターの上に置いてかしこまる。

「僕はあなたのことを必ず幸せにします」

「嬉しいです」

大海原らぶが感動で泣きそうな顔になり、酒井遥輝に抱きつく。照明が変わり二人にスポットライトを当て、音響が甘いバラードを流す。

酒井遥輝が緊張でガチガチになりながら、大海原らぶにキスしようとする。

客席から悲鳴に似た歓声が上がる。さすが初日だ。酒井遥輝のファンが多い。これも計算ずくだった。女性客が圧倒的に多くなることが読めていたからこそ、序盤にキュンキュンするシーンを作ったのだ。

「ここ、実家やし」

キスすると思いきや、寸前で大海原らぶがやんわりと拒否する。

ここで初めて関西弁を使う。後々の布石のためだ。ちなみに、結婚する恋人同士のはずなのに敬語を使っている。それもどんでん返しで効いてくる仕掛けだ。

「すいません！　つい、我を失い、破廉恥《はれんち》な行動を取ってしまいました！」

酒井遥輝が慌てて体を離してしどろもどろになり、客席から爆笑が起きる。緊張と緩和のギャップがハマった結果だ。


「オトン！　どこ行くんよ？」

大海原らぶが、辛そうにふらつきながらラーメン屋の外に出ようとする父親の前に立ちふさがる。

「散歩や」

父親役は客演の西城秀郎だ。無精髭を生やし、五十歳を超えているように見える。

「あかん！　散歩ちゃうやろ！」

父親を店内に連れ戻し、カウンター席に座らせる。大海原らぶの関西弁は完璧ではないが、物理学者の前で嘘をついているときは標準語にすることでバランスを取った。ルックスも騙しているときは白いワンピースの清純派、普段のときはリーゼントで龍のスカジャンが似合う不良娘とギャップをつけた。

「一週間も入院したから、もう大丈夫や」

「大丈夫ちゃうわ。病院から抜け出してきたんやろ」

「いつまでもあんな辛気臭い場所におれるか」

「オトンは病気やねんで」

「軽い肺炎やろ」

「そうや」

大海原らぶが嘘をつく。病気で余命が短いことを本人には伝えられないでいるのだ。

驚くのは彼女の芝居が急成長したことである。

酒井遥輝と寝て自信がついて伸び伸びと芝居ができるようになったのか、まだまだ上手くはないがひたむきで観客から好感を持たれるまでは仕上がってきた。

「安心せい。わしは宇宙人に人体実験されとるから他の人間より体が頑丈や」

「宇宙人はもうええねん！　いい加減にしてや！　ウチら家族がオトンのせいで、どんだけ辛い目に遭ってきたと思ってんのよ！」

しかも、本番の演技はゲネプロよりも格段にいい。正直、彼女がここまで吸収力があるとは思わなかった。

「だから、お前はグレたんか。さんざん、悪さしといて、偉そうにわしに説教すんな」

「ウチが、まわりに何て言われてきたか知ってんの？」

「そんなもん知るか」

「オトンの嘘のせいで、ウチら家族が散々馬鹿にされてんねんで！」

「嘘やない。わしは、ガキの頃、何度もＵＦＯを見た。宇宙人にもさらわれたんや」

「オカンかって……オトンの嘘に耐えられへんくなったから家を出て行ったんよ」

「アホか。あいつも宇宙人にさらわれたんや。一刻も早く助けたらんと」

父親が憤然とした表情で立ち上がる。

「オトン！」

大海原らぶが泣き出した。そんな演出はつけていない。

だが、俺も泣きそうになった。


ラーメン屋の父親がなぜ、そこまでＵＦＯにこだわるのか。

父親が亡くなる前の最後の台詞で明かされる。酒井遥輝が演じる物理学者の活躍でＵＦＯ騒動が巻き起こり、目撃者であるラーメン屋の父親が記者会見を開くのだ。

「ＵＦＯの信憑性を疑う人がまだ数多いのも事実です。そこで、私がさらなる証明を皆さんにお見せします。なぜ、わざわざここで会見を開いたのか。そう、ＵＦＯを呼ぶためです」

会見場所はラーメン屋の屋上だ。親父が屋根のセットに上り、観客に向かって演説を打つ。

西城にとって一番の見せ場だ。

「最初に、UFOを目撃したのもこの場所なのです。私の父親は大酒飲みで、毎晩、酒に酔うと私や母親を殴りつけたものです。ひどいときは、一升瓶で頭を殴られた……。私は、父親が酔っぱらうと、この屋上に逃げ込み、何時間も空を見上げました。夜空に輝く星を見ていると、嫌なことはすべてどこかに消えていった。あれは、七歳の夏でした。この屋上に、UFOが現れて、私を連れ去ってくれた。宇宙人は色んな星へと案内してくれました。どの星の住人もとても親切で、そこには幸せしかなかった。皆さんにも、その幸せを分けてあげたくて、私はずっとUFOを探し続けていたのです」

ラーメン屋の親父は幼少の頃に受けた虐待の影響で脳に損傷を受けていた。暴力からの現実逃避として、UFOや宇宙人を頭の中で作り出していたのだ。

「皆さん、ご安心ください。この先の未来には、温かさと優しさが待っているでしょう。私たちは、もう、孤独ではないのです。私たちが夜空の星を見ていたように、彼らも私たちを見守ってくれていました。たとえ、この地球上に未曾有《みぞう》の危機が訪れたとしても、『助けて』と手を挙げればいいのです。では、彼らに登場してもらいましょう！　そして、宇宙へと帰っていく彼らを見送りましょう！」

ラーメン屋の父親が両手を大きく広げる。

「ほらっ、来ましたよ。見えますか？　ＵＦＯです！　光り輝いてますよ！　さようなら！　さようなら！」

しかし、当然ながらＵＦＯは現れない。

一杯食わされたと憤慨する新聞記者たちがラーメン屋の親父に向かって一斉に野次を飛ばす。

「ＵＦＯどこだよ！」

「見えないぞ！　嘘つき！」

「このペテン師野郎！」

ラーメン屋の親父が激しく咳き込み、膝をつく。そこに決別したはずの物理学者が現れ、ラーメン屋の親父を守る。クライマックスだ。

「うるさい！　見える人にしか見えないんだよ！　信じる人にしか見えないんだ！」

酒井遥輝は意識朦朧《もうろう》となっている西城に肩を貸し、観客に向かって叫んだ。

「それで悪いか！　この世界にはな、心の底から信じないと見えないものがあるんだよ！　僕も信じるから！　お前たちも信じろよ！」

幕が下り、俺は鳴り止まない拍手を受けてステージに立っていた。

スタンディング・オベーション。映画監督を目指しているのに、しつこく劇団を続けている理由がここにある。

ステージには魔力があるのだ。それが魔法なのか悪魔が住んでいるのかわからないが、一度、味わってしまうとなかなか抜け出すことができない。

結局、酒井遥輝と大海原らぶをメインキャストにして大正解だった。その二人に引っ張られ、客演の喜多田は悪徳刑事でどんでん返しを盛り上げ、西城の熱演は観客の涙を誘った。

笑いだけに逃げず、ヒューマン・ドラマをやり切った。

これも元ハリウッド・プロデューサーのケビン島袋の元で修業した〈プロット百本ノック〉のおかげだ。ケビン島袋は株と不動産と映画の投資が立て続けに失敗し、破産してから消息不明だが心から御礼を言いたい。

俺は観客に頭を下げて、感極まった。

初日から泣くアホがおるか、と思うほど目頭が熱くなってしまう。

何度も大きく息を吸いながら挨拶をして、締めの言葉を酒井遥輝に譲った。主演に花を持たせなければいけない。観客もそれを望んでいる。

「ハッピーバースデートゥーユー」

突然、酒井遥輝が歌い出した。

そうだ。今日は俺の誕生日だった。しかも、俺の苦手なサプライズではないか。芝居を観終わった観客の前で、どういう顔をしてケーキ登場を待てばいいのだ。

「ハッピーバースデートゥーユー」

チームKGBたちも合わせて歌うが明らかにぎこちない。

そうか……サプライズは酒井遥輝の提案か。

無理やりやらされている感が半端ない。大海原らぶが満面の笑みで歌っているから余計にわかる。

「ハッピーバースデーディア座長！　ハッピーバースデートゥーユー！」

ケーキが登場しなかった。客席が少しざわつく。

「段取りと違う！」

酒井遥輝がステージ上だけに聞こえるように鋭い声を出す。

鳳秋子と野茂竜彦が慌てて、舞台袖に走る。何とも言えない微妙な空気のあと、ロウソクに火が点いていないマンゴーのホールケーキが運ばれてきた。

「火はどうしたんだよ？　点けなきゃ意味ねえだろ」

酒井遥輝が苛つきを隠さずに言った。

劇場に許可を取っていないのだろう。ステージで火気を使用する場合は前もって消防署に申請しなければならない。

観客の一部はそれをギャグだと勘違いしてクスクスと笑っている。

史上稀に見るグダグダなサプライズだ。素晴らしい出来だった芝居の余韻が吹き飛んだ。

「これからも応援よろしくお願いします！」

俺は渡されたケーキを持ったまま、強引に終わらせた。


観客をロビーで見送ったあと、舞台監督やスタッフに挨拶をして俺は楽屋に戻った。

役者たちは帰っていて誰もいなかった。

机の上に、ロウソクがぶっ刺さったままのマンゴーケーキが置かれていた。

その日の夜、俺は七年間やめていた酒を飲んだ。

第四幕

1

「山崎のハイボールおかわり」

俺はグラスの中の氷を鳴らした。

「はーい」

カウンターの中のウサギちゃんが気だるい声で注文に応える。名前は忘れた。薄暗い照明の下、ガールズバーの女の子たちはみんな同じ顔に見える。

「えーと、君は女子大生だっけ？」

「違いますう。ＯＬですう」

「そっか。昼間、働いてるんだったよね。さっき、聞いたよね」

「そうですう」

バニーガールの格好の彼女が答える。店の壁が鏡張りなので、女の子のお尻が色んな角度から見えるのが、この店の売りらしい。

えっと……俺は何でここにおるんやっけ。

どうやら、一人で来店したらしい。さっきまで一緒に飲んでいたテレビ局のディレクターと音楽事務所のマネージャーはもういない。

今は……何時や？

スマホを取り出そうとするが、パンツのポケットにも鞄にも入っていない。入店のときに預けたコートの中か？

まあ、ええか。アルコールで濁った頭で考えるのは面倒臭い。

一軒目の沖縄料理店でオリオンビール三杯。シークヮーサーサワーと泡盛を何杯か。二軒目の創作居酒屋で日本酒と芋焼酎のソーダ割り。キャバクラでウーロンハイをたらふく、レコードが聴けるバーでハイボールを……覚えているのはここまでだ。

またやってしまった。無駄なハシゴ酒で無駄な出費。大根をゴリゴリとすりおろすように時間が削れていく。

漫画原作の締切がとっくに過ぎている。起きてすぐに〈ごめんなさい〉のメールを忘れないように……。

「てか、ここどこ？」

「三茶ですよう」

「へえ。そうなんや」

三軒茶屋……中目黒で飲んでいたはずなのに、いつの間にか移動している。誰かにタクシーに乗せられたのか、自分で乗ったのか。

どっちでもいい。今夜は可愛いウサギと一緒に飲む運命だったのだ。

「ドリンク頂いていいですかあ」

ウサギちゃんがおねだりする。口元のホクロがエロい。

「うん。もちろん。飲んで、飲んで」

「いえーい。かんぱーい」

「何、飲んでんの？」

「甘いやつー」

「いえーい」

何がいえーいだ。

俺はカウンター越しの鏡に映る自分の姿を眺めて吐きそうになる。いっそのこと、ゲロをぶちまけたほうが楽になれるか。

「お兄さんはおいくつなんですかあ」

「おじさんだよ。四十二歳」

「えー！　見えなーい！　お仕事は何やってるんですかあ」

「当ててみてよ」

「おしゃれさんだからアパレル？」

「ブー！」

「わかんなーい」

飲み屋で若い女の子に鼻の下を伸ばすオヤジのクソみたいな会話だ。二十五歳のころ大阪でバーを経営していたときに、最も軽蔑した大人に俺はなってしまった。

「小説家」

「えー！　すごーい！　初めて会ったあ」

「何本か映画になってるよ」

「すごーい！　タイトルはー？」

「ジュウニブンノイチ」

「へー！　すごーい！」

そんなに凄くない。もう六年前の話だ。カンヌで賞を獲った鬼才の監督が俺の連載を気に入り、豪華キャストで映画化された。

十二人の男女が大富豪の孫を誘拐する。完全犯罪だったはずなのに、裏切り者によって一人ずつ死んでいく。

アガサ・クリスティーとタランティーノを混ぜたようなサスペンスだ。

公開前からCMがバンバン流れ、主演のイケメンがテレビでガンガン宣伝をして、その当時は話題になった。

プレミアム試写会が新宿の馬鹿デカいスクリーンの映画館で開催され、俺は原作者として監督と豪華キャストと共に舞台挨拶をした。

歓声とカメラのフラッシュライト。

人生最高の瞬間のはずなのに、俺の頭の中はシンと冷え切っていた。早くホテルに戻ってバーでジンリッキーを飲みたい。モヒートでもいい。

どうせ、映画監督は俺じゃない……。

舞台挨拶が終わったあと小説の若い担当編集が浮足立っていた。

「これから変わりますよ」

「何が？」

「人脈です。今まで周りにいた人がいなくなって、新しくレベルアップします。売れた作家さんはみんなそうです。間近で見てきましたから！」

俺は愛想笑いで返した。

「楽しみにしてるわ」

ホテルのロビーに戻ったとき、野茂竜彦から電話があった。

『火野さんと赤星さんがチームKGBを辞めました』

「なんで？」

『座長にはもうついていけないそうです……鳳秋子も辞めたいそうです』

「お前は？」

『考えさせてもらって……いいですか？』

「へえ。そうなんや」

俺はホテルの部屋に戻り、やけにぬるい缶ビールを飲んだ。


「わたしもドリンク頂いていいですかあ」

もう一人、ウサギちゃんが来た。ショートカットで鎖骨がエロい。

「どうぞ、どうぞ」

「小説家さんで、映画化とかなったんだって」

「わあ！　わたし、女優なんですよ！」

「へえ。そうなんや」

「舞台中心なんですけど、いつかドラマとか映画に出てみたいです。あとで連絡先を交換してもらっていいですか？」

「もちろん、いいよ。どんな舞台に出てるの」

「あまり、面白くないやつですー」

じゃあ、出んなよ。

「俺も劇団やってたよ」

「そうなんですね！　何ていう劇団ですか？」

「たぶん、知らないと思うよ」

「教えてください！　色々と勉強してるんで！」

「チームＫＧＢ」

鎖骨のウサギちゃんが一瞬の間を置いて言った。

「聞いたことあります！」

ないだろ。最後の公演は八年前だよ。

チームＫＧＢ本公演『さよならエイリアン』は大成功で大失敗だった。

評価はすこぶるよく、関西での追加公演も決まり、動員は二千人を超えた。当然、チームKGBの新記録である。

ただ、大赤字だった。この規模の公演にしてはチケット料金が安過ぎること、美術を始め経費をかけ過ぎたこと、酒井遥輝と大海原らぶのギャラが高過ぎたこと。色んなことが重なり、赤字は三百万円まで膨れ上がった。

公演が終わったあと、チームKGBは誰も赤字について触れなかった。

座長の責任だ。そもそも芸能人や客演を入れたのは座長だ。そう言わんばかりだった。俺は意地になって赤字を背負い、執筆部屋を失った。

俺は『さよならエイリアン』のあと、観に来てもらったテレビ局のプロデューサーや出版関係者たちと食事に行って、いくつかの仕事に繋がった。

だけど、彼らの口からチームKGBの話題が出ることはなかった。

それ以来、大掛かりな本公演は打てず、少人数の短編をたまにしかやっていない。

それも、大阪時代に上演した作品の焼き直しで、新作は一切書いていない。

『さよならエイリアン』での辛い思い出はもうひとつある。

千穐楽の前日、千春の父親が心臓の病で亡くなった。

朝、俺のスマホに千春から連絡があった。

〈お父さんは頑張ったよ。天国に行きました。勇太と最期に会いたがってたけどアカンかった〉

俺は夜公演が終わったあと最終の新幹線に飛び乗り、大阪に向かった。

深夜、お通夜の会場に着くと千春が一人で待っていた。

「小次郎と陽菜は？」

「実家でお母さんが見てくれてる。爆睡してるって」

「千春もお疲れ」

不謹慎だが、喪服姿で悲しみに暮れた千春は美しかった。久しぶりに会ったのもあり、俺は強く抱きしめた。

「お父さんに声かけてあげて」

俺は棺桶を覗き、親父さんの顔を見た。

いつも通りの眉間に皺を寄せた頑固そうな表情で眠っていた。今にも旨いパンを黙々と焼き上げそうだ。

「お義父さん、怒ってる？」

「勇太が来るのが遅かったからね」

千春が涙ぐみながら冗談を言う。

「すいませんでした」

俺は親父さんに向かって頭を下げた。

色んな意味が込もっている言葉だ。死に目に会えず、すいません。あなたの大切な娘さんと貧乏時代に付き合い心配させて、すいません。男として仕事で食えるようになるのが遅くて、すいません。

「ウチ、体操部やったやろ？」

「中学生のときやんな」

「うん。お父さんが材木屋さんで木を買ってきてくれて、家の前でカンナで削って平均台を作ってくれてん」

「手作りの平均台？　職人やん」

「お父さんらしいやろ」

千春が優しく微笑む。愛情をたっぷりと注がれてきた人間の笑みだ。

性格も生き方も俺と親父さんは真逆のタイプだけれど、不器用で真っ直ぐにしか生きられないところが似ている。ほとんど話したことはないが親父さんは俺の悩みに気づいていたはずだ。

映画監督という夢を叶えられずずっともがいていて、すいません。

俺はもう一度、棺桶で目を閉じている親父さんに頭を下げた。

「私も一杯いただいていいですか」

さらにウサギちゃんがやって来た。わかりやすく胸の谷間がエロい。

「いいけど、暇なの？」

俺は三人のウサギちゃんに言った。気がついたら店内に客は俺しかいない。

「そうなんですよう」

「平日はいつもこうですー」

「お兄さんが来てくれてラッキー！」

カウンター越しの鏡に丸い尻尾のついたお尻が三つ並んで壮観だが、鼻の下が伸びる気力が残っていない。そもそも今夜の酒は旨くない。

今夜だけじゃないだろう？　禁酒を解禁してから、最高に旨い酒を飲んだのはいつだ？

「三茶でよく飲むんですか？」

谷間のウサギちゃんが訊いてきた。

「いや、数えるほどしか来たことがないよ」

「じゃあ、この店に来たのは運命じゃないですか」

「そうだね」

俺は笑みを浮かべた。

愛想笑いなのか、苦笑いなのかわからない。東京に来てから覚えた笑い方だ。大阪時代は腹の底から、横隔膜が痛くなるまで馬鹿笑いをしていた。

金はなかったけど、世間の誰も俺たちのことを知らなかったけど、毎晩、笑い転げていた。

「お兄さん、芸能人なんだよー」

鎖骨のウサギちゃんが言う。

「芸能人ではないよ。小説家」

「やばーい」

谷間のウサギちゃんが体をくねらせると、わかりやすく胸が揺れる。

「昔は芸能事務所に入っていたけどね」

「え？　どこですか」

「プリティママってわかる？」

「わかんないです」

「深海りんがいた事務所」

「やばーい！」

「りんちゃん、可愛くて好きだったあ、何で、あんな事件を起こしたんだろう」

ホクロのウサギちゃんがわざとらしく眉を下げて口を尖らせる。

「何でだろうね。色々としんどかったのかも」

深海りんは覚醒剤の所持と使用で逮捕された。四年前の話だ。主演の恋愛映画が公開する前日にニュースが流れ、全国が大騒ぎになった。

七本のＣＭ、大河ドラマ、出演が決まっていたいくつかの映画、すべてがぶっ飛んだ。プリティママは違約金と連日のマスコミ対応に追われ、社長の西河原は胃に大きな穴が空いて入院した。

「他に芸能人に知り合いはいないんですかー」

鎖骨のウサギちゃんが訊いてくる。

「大海原らぶと一緒に仕事をしたことがあるよ。彼女が劇のヒロインだったんだ」

「すごーい！　らぶちゃん、カッコいいから大好きなんですう」

ホクロのウサギちゃんが目を丸くする。

「わたしは嫌いだー」

鎖骨のウサギちゃんが顔をしかめる。

「えー、どうしてえ？」

「最近、調子に乗ってない？　インスタのセレブアピールとか」

「だって本当にセレブなんだもん」

大海原らぶは俺の舞台のあと女優としてメキメキと頭角を現し、日本アカデミー賞にノミネートされるまで上り詰めた。数々の有名人の男を渡り歩き、ぶりっ子だったキャラは鳴りを潜め、大人の色香を武器にさらに躍進して去年ＩＴ系の会社経営者と結婚した。

酒井遥輝の名前はこの数年聞いていない。キャバクラで絡んできた客を殴り、大怪我をさせて芸能界から干されてしまった。

人生はどうなるかわからない。

俺は三年前にプリティママを辞めた。事務所のゴタゴタに巻き込まれたくなかったし、彼らは俺の味方ではなかった。

酒を飲み始めた俺はあっという間にスランプに陥った。小説や脚本がまったく書けなくなったのだ。

いくらでも溢れていた「おもろい物語」の泉が涸れた。もう何年も食うため、家賃を払うためだけに脳みその絞りカスで書いている。集中できず、時間がかかり、不安に押し潰され、誰が俺の書いたものを読みたいんだとノートパソコンを閉じ、冷蔵庫を開けてビールを取り出す。

誰のために？　何のために？　俺はこの東京で生きているのか。

「今日は何日だっけ？」

「七月二十三日ですよう」

ホクロのウサギちゃんがスマホを見て答える。

「マジかよ」

俺は嘲笑った。

目の前の鏡に映る史上最悪にダサい男を嘲笑った。

「ど、どうしたんですかあ」

声を出してずっと笑っている俺を見て、ウサギちゃんたちがドン引きして怯える。

「帰る」

俺はふらつきながら立ち上がった。

今日はオトンの命日だ。俺が小学生のころ飛行機事故で死んだ。

四十二歳だった。

「……ありがとうございます」

「また来るよ」

二度と来ない。来たくても道を覚えていない。

お会計を終えた俺は店のドアを開けて逃げるように店を出た。

「あ！　足元に気をつけてください！」

二階なのかよ。

俺は真っ逆さまに階段から転げ落ちた。

2

その看板は、ボロボロの飲食ビルの前でポツンと光っていた。
《いちびり》
店の名前だ。バーかスナックかはわからないが、ひとつだけ確かなことがある。この店のオーナーは関西人で間違いない。いちびり、とは大阪の方言で「いきがって騒ぐ、お調子者」のことだ。
俺はズキズキと痛む頭を押さえながらビルに入った。今夜のラスト一杯は大阪からわざわざ東京までやって来た「いちびり」の顔を拝みながら飲んでやろう。

ガタガタとうるさい音が鳴るエレベーターに乗り、四階で降りる。何の変哲もない扉を開けて店内へと入った。

バドワイザーのネオン、ダーツの的。テレビで海外のサッカーを流している。これといった特徴がない全国の繁華街のどこにでもあるバーだ。

「あ、いらっしゃいませ」

カウンターに座ってスマホを弄っていたバーテンダーが驚いて立ち上がる。客が来たのがそんなに意外なのか。

大阪時代に長年、水商売をやっていたから一発でわかる。

この店は長くはもたない。

「まだやってますか」

「もちろんです。何、飲みます?」

「瓶ビールはあります?」

暇な店で生ビールは頼みたくない。

「バドとコロナやったらありますけど……あかん、ライムがないわ」

久しぶりに聞くコテコテの大阪弁だ。イントネーション的に大阪の南のほうの出身だろう。

「コロナでいいですよ」

「助かりますわ」

バーテンダーがぎこちなく笑う。

俺と年齢が近い。ガリガリに痩せてストレートの髪がやたらと長く、顎髭もやたらに伸びている。元バンドマンといったところだろうが、キリストそっくりの風貌だ。

店内BGMはザ・ナックの『マイ・シャローナ』だ。

懐かしい。大阪のストリップ劇場《東洋ミュージック》でビーバー藤森がピンクのTバックで踊っていた曲である。

「お客さん、おでこから血、出てますよ。ティッシュどうぞ」

「おおきに。前の店を出るとき階段でコケてん」

俺はコロナビールとポケットティッシュを受け取った。

「あれ？　お客さんも大阪の方ですか？」

「そうやねん。だから《いちびり》って看板に思わず反応してもうて」

俺は額の血をティッシュで拭きながら答えた。少し皮が剝けただけだ。じきに出血は止まるだろう。

「東京にはいつから来はったんですか」

バーテンダーが嬉しそうに訊く。

俺も上京したての頃はそうだった。関西人と出会うと安心感で饒舌になったものだ。

「今年で十六年になるかな」

「凄いなあ。大先輩や」

「このお店はいつからやってるの？」

「先月なんですけど、お客さんが全然入らへんからもう潰れますわ」

自覚があるのならまだ救いようはある。

「何でまた、三軒茶屋に出したん？」

「直感ですわ。東京で自分の店やるんが夢やったんですけど早くも後悔してます。大人しく地元でやっときゃよかった」

バーテンダーが自虐的に笑った。ネガティブなのかポジティブなのかよくわからない男だ。

「人生、なかなかうまくいかへんもんね」

「ほんま、そうですわ。お客さんは何の仕事してはるんですか」

「物書きで、あと劇団もやってる」

「よかったー。流血したいかつい人がいきなり入ってきたからヤクザかと思いましたよ」

バーテンダーが冗談を飛ばし、我《われ》でウケている。

「昔はヤクザで踊ってた」

「え？　どういうことですか？」

「大阪のストリップ小屋で前座をやってたんよ。今で言うフラッシュモブみたいなもんで、客席でヤクザ同士が喧嘩するんやけど、そこにピンクのTバックのモッコリーヌって名前のキャラが乱入してきて、最後には全員でダンスするねん」

「メチャメチャおもろいやないですか！」

「最初は三人ぐらいしかおらんかったお客さんが最終日にはギュウギュウの満員になったわ」

「メチャメチャ感動やないですか」

「踊りながら号泣したね」

「それ、観たいわー！　東京でもやってるんですか？」

「ヤクザダンスはやめた」

「もったいなー！　何でなんですか？」

「だって……」

やめた理由は何だった？　東京の人間に通用しなかったから？　ダサかったから？　恥ずかしかったから？

違う。己に負けたからだ。

大きな芸能事務所に入り、色んな有名人と自分を比べ、ただ単にカッコをつけてしまったのだ。自分に自信がないのを隠すために、チームＫＧＢのメンバーに当たっていただけだ。

「またやったらええやないですか。ヤクザダンス、観たいわー！」

「でも……俺の夢は映画監督やから」

「映画にしたらええやないですか」

バーテンダーがポンと手を叩いて長髪をはらりと揺らす。

「えっ？」

「劇団がストリップ劇場で前座をする映画ですよ！」

「俺の実話を？」

「そんだけインパクトのある話やったら絶対おもろい映画になりますよ！」

俺は椅子からずり落ちそうになった。

《東洋ミュージック》のステージが鮮明に蘇る。俺たちチームＫＧＢは最終日に踊り子さんたちとパフォーマンスをした。観客も一体になり、最高潮に盛り上がった。

あの瞬間、俺は不思議な感覚に包まれていた。

時間がゆっくりと過ぎ、天から金色の紙吹雪が降ってきたかのようにすべてがキラキラと輝いていた。

幸せとかシンプルな言葉では言い表せない感覚。

魂が震えて、全身の血が沸騰して、脳汁がドバドバと溢れて、心臓が爆発するぐらい激しくビートを刻んだ。

やりたいようにやる。誰にも文句を言わせない。

俺たちがチームＫＧＢや。

「無理に決まってるやん……映画なんて」

「何でですか?」

「映画は金がかかる」

「金はスポンサーが払うんでしょ?」

「企画がないのに金は集まれへん」

「企画を立てましょうよ」

「それはプロデューサーの仕事や」

「プロデューサーを探せばいいじゃないですか」

「どうやって探すねん」

「脚本を書きましょう。プロデューサーが飛びつくような、スポンサーがポンと金出してくれるようなハチャメチャにおもろいのを書くんです」

「それは無理や……」

順番が違う。映画の企画が決まっていないのに脚本を書くことはできない。

俺は自分で否定しながらも体が熱くなっているのを感じた。さっきから、こめかみがドクドクと脈を打っている。

……無理？

二十代のときの俺が一番嫌いな言葉とちゃうんか。周りの大人たちから無理と言われれば言われるほど反骨心《ロックンロール》で跳ね除けてきたんとちゃうんか。

四十代になり、腹が出て、頭や陰毛に白髪が増え、行儀よく真面目に賢く立ち回れるようになり、どんなときでも上手く笑えるようになった。

俺は誰やねん？

木村善太の前に、木村勇太やろうが。

「残念やわー。ヤクザダンス、観たかったのにー!」

バーテンダーがカウンターの中で子供みたいに地団駄を踏む。

「オッケー」

俺は腹の底から低い声を出した。

「はい?」

「オッケー」

「ど、どうしたんですか?」

「オッケー」

何度も頷き、自分の体に染み込ませる。

「お客さん! おでこから、血、血!」

興奮のあまり、小さな噴水のように額から流血してきたが気にしない。

「オッケー」

「頭の打ち所が悪かったんちゃいます?」

「オッケー!」

俺はカウンターを両手でぶん殴った。拳の骨がガツンと鳴る。

「ひぃ!」

バーテンダーが体を仰け反らせて、ボトル棚に背中をぶつける。

俺は立ち上がって背筋を伸ばし、胸を張った。

「映画、やったろうやんけ！」


『どうしたん？　こんな時間に？』

朝の七時。電話の向こうで千春がダルそうに言った。

「ごめん。寝てた？」

『陽菜がグズるから起きてたけど……』

「新作を書くねん」

俺は三軒茶屋から恵比寿の自宅に帰ったあと、すぐにノートパソコンを開き、一睡もせずにプロットを書いていた。

『ん？　漫画原作？』

「違う！　小説！」

『出版社から連絡あったん？』

「ないけど！　書く！」

『酔っ払ってるやん……何時まで飲んだんよ』

深いため息。

俺が酒を飲むようになってから、千春は何度もため息をつくようになった。俺は「プロデューサーと会食やから」とか「担当編集者と打ち合わせなあかん」とか仕事の言い訳を盾にしては、毎晩、家を出て飲み歩いていた。

「大丈夫、もう酔ってへんから」

『ほんまに?』

「階段から落ちてキリストに会って目が覚めた」

『バリバリ酔ってるやんか!』

千春は、小次郎が小学校に入るタイミングで大阪に戻った。「子供たちを地元で育てたい」とか「お母さんの近くにいてあげたい」とかもっともらしいことを言っていたが違う。

俺と距離を置きたかったのだ。

「ごめんな、千春。俺がアホやった」

『知ってるよ。出会ったときからずっとアホやんか』

「まともなアホになるから安心してくれ」

『できへんわ』

「もう心配させへん」

『なんでやねん。そんなことはどうでもいいねん』

「へ？」

『不安が怖いんやったらアンタみたいな暴走機関車と一緒になるかいな』

「なんで、俺と結婚してん？」

『今になってそれ訊くか？』

「教えてくれ。千春」

　短い沈黙のあと、千春がさも当たり前の口調で言った。

『決まってるやん。誰よりも弱いからやん』

「俺が？」

『初めて会ったときからビックリするぐらい弱かったよ。どしゃぶりの中で捨てられている子犬がおったらそら助けるやろ』

「……」

『子犬見つけてしまったのがウチの運の尽きや』

「俺は子犬……」

『知ってる？　勇太は自分では気づいてへんやろうけど』

「……え?」

『ウチら出会ってから二十年以上経つけど、話してくれへんことがあるやろ』

「何の話?」

『勇太のお父さんのこと、全然、話してくれへんやん』

「あ……」

俺は息を止めた。

意識をしたことはなかった。でも、千春の言うとおりだった。

俺はまだオトンが死んだことを受け入れてないのだ。

オトンが亡くなった日。小学校のプールから帰る坂道。嫌な予感に怯えながら歩く俺。

俺はあの日のまま、時が止まったままま、こんなおっさんになってしまった。

『勇太は、昔、お父さんと何をして楽しかったん? 何を言われて悲しかったん?』

朝五時に起きて、オカンに内緒でこっそり二人でカップ麺を作った。晩ご飯のとき、俺がふざけ過ぎて怒られた。町内会のソフトボールの試合でオトンがタイムリーヒットを打った。一年間、単身赴任で北九州に行ったオトンのところに一人で新幹線で行った。夜、キッチンのシンク前に並んで一緒に歯を磨いた。

俺はオトンが大好きだった。

オトンがこの世からいなくなったのを認めるのが怖くて、映画という現実逃避に走った。

スティーヴン・スピルバーグ、リドリー・スコット、リュック・ベッソン、ウディ・アレン、コーエン兄弟、ブライアン・デ・パルマ、スパイク・リー、デヴィッド・フィンチャー、クエンティン・タランティーノ、サム・ライミ、ダニー・ボイル、M・ナイト・シャマラン、チャールズ・チャップリン、バスター・キートン、ジャッキー・チェン……。

彼らがいたからこそ、メチャクチャ面白い映画を観ている間、俺は人生での一番辛い出来事を忘れることができた。

「落ち着いたら、ゆっくり話すな。オトンのこと」

『うん。楽しみにしてる』

「チームKGBがストリップ劇場の前座したの覚えてるやろ」

『忘れるわけないやん。あんときにプロポーズされてんから』

「あの日々のことを映画にするねん」

『勇太の……自伝ってこと？』

千春の呆れている顔が目に浮かぶ。

「そう！　一応、フィクションにはするけど俺の生き様を描く」

『そんなの誰が観たいの？』

「俺もわからん！　でも、やる！」

『どうやって映画にするん？』

「まずは小説を書く。それを出版社に売り込んで、刊行された本を映画会社に持ち込む」

『……脚本と監督は？』

「もちろん、俺や！」

千春が笑いだした。呆れを通り越したのだろう。

『究極の自己満足やね』

「それこそが真のエンターテイメントやろ」

自分のために作る。

創作の基本だ。小さな子供が好き勝手に絵を描く。砂場で城か山かわからないものを作る。オリジナルのメロディを歌いながら延々と踊る。

すべては自分が楽しいからだ。

子供が自由に遊んでいる姿は親でなくても微笑ましい。見ているこっちが幸せになる。

スーパースターになる人間はどんな事情や状況でも自分のやりたいことを貫く。それは我儘だとか天狗だと外野には言われがちだが違う。本物のエンターテイナーはいつまでも童心のままなのだ。

俺は東京に来て、結果を求めてしまった。

チームKGBを売るため、家族を養うため、プロデューサーやクライアントを喜ばせるため……。

だから、見失った。創作の女神にそっぽを向かれてしまった。

『やっぱり、勇太はアホやね』

千春が嬉しそうに言った。

「やっと、本当の俺に戻れそうやわ」

『でも、ウチはもう勇太の一番の味方やないからね』

「……うん」

『ウチには小次郎と陽菜がいるから』

「わかってる」

子供たちを守るためならば、俺さえも殺すだろう。それが千春という女だ。

『ほんまにチームKGBが映画になったら……』

千春が思わず噴き出す。

『誰がピンクのTバックで踊るんよ』

3

丸ノ内線の最終駅、方南町駅で降りた。

環七沿いの坂道を一人で歩く。激安の肉のスーパー、ヘビースモーカー歓迎の純喫茶、ハイボールの量がやたらと多いもつ焼き屋、街の風景は何も変わっていない。

俺は路地裏に入り、古いアパートの前で立ち止まった。

チームKGBが上京してすぐに住んだ場所だ。部屋の窓を見上げる。

「ほい！　鬼ボナーラ！」

「いただきます！」

「おいしい！」

「うまいっす！」

あの日々の会話が今にも聞こえてきそうだ。

駅前に戻り、ファミレスに入る。一番奥の特等席。ここで何時間も座っていた。爆発するぐらい腰が痛くなっても、ドリンクバーのコーヒーで胃が痛くなっても夢があれば書き続けることができた。

隣のテーブルで学生風の男がノートパソコンと睨み合っている。オレンジジュースの横に劇団のチラシが見えた。

お、やってんな。俺も負けへんで。

鞄から新品の原稿用紙の束とボールペン十本を取り出す。このファミレスは電源を借りられないから手書きでいくしかない。

ホットコーヒーを一口飲み、ボールペンを握って目を閉じる。

主人公は大阪の売れない劇団の座長。金も名誉もなく、世の中から相手にされずもがいている。

彼の夢は映画監督。いつか全国の映画館のスクリーンに自分の作品がかかることを夢見て、小さな劇場の少ないお客さんの前で芝居を打つ。

そんなある日、彼が働くバーに赤いドレスの一人の美しい女が入ってきた。

「私、ストリッパーなの」

悪くない。面白くなりそうだ。

あとはこの主人公にまつわるエピソードをどう積み重ねるかにかかっている。

当然、普通のエピソードでは意味がない。読者の共感をどう摑むか。

……貧乏エピソード？

バラエティー番組で度々見る手法だ。それでブレイクして小説を書いてベストセラーを出した芸人もいる。所詮、他人の不幸は蜜の味なのだ。

大阪時代は劇団とバーの経営で借金まみれだった。その手の話は腐るほどある。

ただ、テレビやネットで語られる芸能人の鉄板話と比べるとインパクトが弱い。そもそも人生で一番生活が苦しかったのは、上京してから小説が売れるまでのこの方南町で暮らしていた時期だ。

俺と千春とチームＫＧＢの五人暮らし。千春の給料は家賃と食費と俺の活動費でぶっ飛んでいき、毎月、電気とガスが止まっていた。

生活をするには金を借りなくてはいけない。

千春は支払いがある度に消費者金融に手を出した。俺は大阪時代に借金をしまくって延滞しまくり、ブラックリストに載っているのでどこからも借りることはできなかった。

千春もあっという間にブラックリストの仲間入りを果たした。その時期のことを大阪時代の貧乏エピソードとして書くのはどうだろう。

「三百万、借りられることになったから」

アパート二ヶ月分の家賃を滞納して払えるあてがなく、ユニットバスの湯船で頭を抱えていたら千春がドアをガチャリと開けて言った。

「は？　どういうこと」

ブラックリスト夫婦に貸してくれるわけがない。万一、貸してくれたとしても、俺たちが一度に借金できる限度額を大幅に超えている。

「貸してくれるところが見つかってん」

「どこやねん？　絶対、怪しいやんけ」

「怪しくないよ。実際に六十万借りれたし」

「ん？　六十？　ますますわからんねんけど」

「レディースコミックの裏に『三百万、即融資！』って広告があったからダメもとで電話してみたら繋がってん」千春が青白い顔でまくしたてる。「丁寧で親切な男の人が出て、『保証金の六十万円を納めてくれたら三百万円を即融資します』って言われたからウチが『そんなお金ありません』って返したら、『弊社の子会社の金融会社なら貸すことができますので契約してください』って説明されて……」

「ちょ、ちょっと待て」

俺はフルチンのまま立ち上がった。

「大丈夫。ちゃんと六十万円振り込まれたから」

「マジで？　その六十万はどうしたん？」

「向こうがメールで送ってきた口座に振り込んだよ。三百万円の融資は来週の月曜日に受けられるって」

倒れそうになった。

いつもは冷静な千春が、先の見えない貧乏生活に我をうしなっている。よく見ると瞳孔が開いているではないか。

「千春……」

「何？」

「それ、詐欺や」

「……絶対に違う」

千春の瞳孔がさらに開く。

「融資してくれる会社の名前と『詐欺』をセットで検索してみて」

「だって、ウチらブラックリストやのにポンと六十万円を貸してくれてんで？　ちゃんとした会社やん」

それが手口なのだ。安心させて信用させる。

六十万円を借りたのは千春で、その金も渡してしまった。単純な振り込め詐欺だ。

「いいから調べてや。違うなら違うで安心できるやろ」

千春は渋々と手に持っていたスマホで検索をかけた。

八秒後、千春の顔が土色になった。

「え……『騙されてはいけない会社』の一位になってる……」

どんなランキングやねんと突っ込みたくなったが、千春がわなわなとその場でしゃがみ込んだのでやめた。

「ごめん……やってもうた」

「その会社にもっかい電話かけて」

「え……何するつもり？」

「いいからかけて。担当の名前は？」

「コグレって言ってた」

おそらく、偽名だろう。

「かけたら、スマホ貸して」

夫としてここは何とかしなければならない。俺は気合を入れて、千春からスマホを受け取った。

ツーコールで向こうが電話に出る。

『お電話ありがとうございます！　ハイタッチローンでーす！』

必要以上に元気な居酒屋の店員のようなノリの男だ。

「コグレさんいらっしゃいますか」

『私ですけど、どちら様でしょうか？』

「木村千春の夫や。よくもウチの嫁を騙してくれたな」

俺は関西弁を強調したドスを利かせた声で言った。

『騙す？　一体、どういうことでしょうか？』

コグレは一切ビビっていない。こういったクレームは日常茶飯事なのだろう。

「とぼけんなや、こらっ。嫁に六十万振り込ませたやろ」

『保証金のことでしょうか？　奥様にはきちんと説明させてもらいましたが融資のためには必要な手続きでして』

「ホンマに三百万円を融資するんか」

『もちろん、審査によってはお時間がかかることはありますし、融資額も変動します。奥様にはイチから説明させていただき、納得していただいた上での契約ですので法律的には何の問題もございません』

まさに立て板に水だ。早口言葉の如くペラペラと喋るから余計に腹が立つ。

これは、クレーム対策のマニュアルがあるな……正攻法で戦っても勝てへんぞ。

千春が不安げな顔でこっちを見ている。俺も全裸だが真剣だ。何としても六十万円は取り戻さなければならない。

「もうええわ」

俺は投げやりな口調で言った。

『何がよろしいのでしょうか？』

コグレが勝ち誇った声で訊く。

「お前の会社の住所を教えろ」

『住所ですか？』

「先生と行くわ」

『……先生？』

余裕をブチかましていたコグレの声のトーンが変わった。

「おう。明日、先生とお前に会いに行くから覚悟しとけや」

さっきまでテンポが良かったのに、会話のラリーがピタリと止まる。

『先生とは……どなたですか？』

コグレは受話器を持ちながら、高速で頭を回転させているはずだ。

俺はあえて「先生」という単語を使った。そして、何の説明もしない。コグレの想像力を膨らませるためだ。

「先生は先生や」

弁護士かもしれないし、もっと恐ろしい権力を持った人間かもしれない。

『え……いや……こ、困ります』

コグレが動揺し始めた。今がチャンスだ。

「おい、一回しか言わへんぞ」

『はい……』

「今から言う口座に、嫁が振り込んだ金を返せ。そしたら先生とそっちには行かへん」

『……わかりました！』

長年、演出と脚本と演技をやってきたおかげで、振り込め詐欺の奴らから逆に金を振り込ませることができた。演劇に感謝である。

俺は原稿用紙にここまで書いて、自分でドン引きした。

……これは貧乏エピソードと言えるのか。少なくとも読者にはまったく共感してもらえないだろう。

どうしよう。よくよく考えれば、大阪時代の俺はロクでもない出来事が三日に一回ぐらい起こっていた。

先輩と共同経営したバーにヤクザがブルドーザーに乗って突っ込んできたとか、バーの常連客がいつもお茶の葉の缶を持ち歩いているから理由を聞いたら缶の中身が大麻だったとか、前座で呼ばれたストリップ劇場の廊下の壁がトイレ代わりになっていておっさんがアソコを丸出しで小便をしていたとか……。

自分で言うのもあれだがリアリティーがない。本当の話だけれど、ほとんどの読者は信じてくれないだろう。

千春もだけど、チームKGBはよくこんな危険人物について来てくれたものだ。

俺はボールペンを置き、スマホで電話をかけた。

『座長……どうしました？』

野茂竜彦が出た。普段、俺からは電話をかけないので戸惑っている。

「芝居したいか」

『はい？』

「舞台の新作を書くわ。出てくれ」

『本当ですか？』

野茂竜彦が声を弾ませる。

「芝居を本気でやろうと思ってな」

『誰とやるんですか？』

「お前は誰とやりたい？」

『西城君と喜多田君です。実は三人で座長にホンをお願いしようって話してたんです』

「三人芝居か。おもろそうやんけ」

野茂と稽古の日程を決めて電話を切った。

小説を書き始めたばかりなのに舞台の新作を入れてしまった。きっとメチャクチャなスケジュールになってしまうけどかまわない。

野茂と西城と喜多田はこんな俺を慕ってくれている。後輩であり、仲間だ。

俺はこれから作品を自分のために作る。自分が楽しむことを最優先にすると誓った。

心の底から楽しかったのは、チームKGBと過ごしたあの大阪の日々だ。東京で楽しく過ごすためには仲間を喜ばせるしかない。

その先に売れたらいい。金を稼げたらいい。まずは笑って過ごすことだ。

「あの……木下善太先生ですよね？」

真横から声をかけられた。

顔を上げると、さっきまで隣に座ってノートパソコンを睨んでいた劇団員風な学生が直立不動で俺を見ていた。

「そうですけど……」

この男、よく見たら学生ではない。髪の毛を茶色に染めて精悍な顔つきなので若く見えるが三十歳は超えている。

「小説、全部持っています」

「え？　ありがとう」

「下北沢まで『さよならエイリアン』も観に行きました」

「ホンマに？　めっちゃ嬉しいわ」

この男、劇団員でもない。立ち姿と声の発声が鍛えられたプロのものだ。

俺はチラリと隣のテーブルを確認した。劇団のチラシがあるが、それは日本で一番有名なミュージカル・カンパニーのものだった。

「白雪卓造《しらゆきたくぞう》と申します」

男が爽やかな笑顔で自己紹介を始めた。今にも小粋なナンバーを歌い出しそうだ。

「あ、どうも」

「僕をチームKGBに入れてください」

「なんでやねん！」

思わず、ツッコミで返した。

「雑用でもかまいません。勉強させてください」

「ちょっと、待って。落ち着いてや」

「何でしょうか」

「君、ミュージカル俳優やんな？」

「はい！　大学のころからやらせてもらっています！」

「ウチみたいなチンピラ劇団に何で出たいの？」

「チームKGBの世界にダイブしたいと思いました」

白雪が至って真面目な顔で答える。

「……ダイブ？」

「僕の奥底に隠れている僕も知らない魅力を引き出して欲しいのです」

「お、おう……」

「何でもやります！　お願いします！」

白雪が深々と頭を下げた。

これもまた運命なのか。俺は思わず笑いそうになるのを堪えて言った。

「よっしゃ。チームＫＧＢへようこそ」

4

三ヶ月後。俺の新作小説『ファンキー・ストリップ』の第一稿が上がった。

方南町のファミレスまで通い、朝から晩まで書き続けた。あまりにも毎日俺が同じ席にいるので、店員たちからは陰で「主」と呼ばれていたらしい。

寝不足と腰痛とコーヒーで荒れた胃と引き換えに、俺は何年かぶりの充実感を味わえた。ここまで真摯に作品と向き合えたのは処女作以来かもしれない。

ただ、我ながらよく書けたとは思うが、ほぼ自伝なので面白いかどうかを客観的に判断できなかった。

最初に千春に読んで欲しかったが、子育てで読むのに時間がかかってしまう。それに、千春も当事者なので冷静な感想は難しいだろう。

俺はまず、一番信頼できる編集者の瀬川にメールで送った。

〈どうしても映画にしたい物語を思いつき新作を書きました。俺の半自伝です。お時間があるときに読んでください。率直な感想をいただければ幸いです〉

しかし、すぐには瀬川からの返事は来なかった。

最後に瀬川の出版社と仕事をしたのは三年前だ。女刑事が車のトランクに閉じ込められる密室サスペンスを書いたが全然売れなかった。

一週間に三回メールを送り、待ってはみたが反応はなし。俺は痺れを切らして瀬川にしつこく電話をかけた。

『お久しぶりです』

明らかに瀬川の声のトーンが低い。迷惑がっているのがヒシヒシと伝わってくる。

「お疲れ様です……メール見てもらえましたか？」

『すいません。仕事が立て込んでいまして、送っていただいた小説はまだ読めていません』

「……そうですよね」

わかってはいたことだ。編集者には担当している作家が数多くいる。優秀な瀬川ともなれば二十か三十人はいると思う。

何の打ち合わせもなしに、いきなり送りつけられてきた原稿を読む暇などあるわけない。

『失礼を承知で言いますけど……』

「お願いします」

俺は下腹に力を入れた。

『最近の善太さんの作品は粗いです』

「……はい」

ハッキリと言われた。構えていてもズシリとダメージを受ける。

『締切を守れないこともプロとして失格だと思います』

「すいません」

『お酒……まだ飲んでますよね？』

「はい……」

『今の善太さんに、お酒はいい影響を及ぼさないと思います』

「わかってます」

『それでも飲みますか？』

昔の俺なら「断酒します！」と即答しただろう。だが、二度と同じ過ちを繰り返すわけにはいかない。

「たしかに……禁酒していたことで俺は小説を書くことができました。でも、失ったものが大きかったんです」

『何を失ったのですか？』

俺は静かに深呼吸をして、言った。

「二十歳のころの俺です」

『……と言いますと？』

「俺は映画監督になりたくて、二十歳のときに映画の専門学校に行きました。嫌な講師がいて、授業が演劇の悪口だったんです。俺は演劇には興味はなかったんですけど、その講師の他人を馬鹿にする態度にムカついて喧嘩して専門学校を辞めたんです」

『それで、劇団を作ったのですよね』

「劇団を作ったおかげで小説家になり、食っていくことができるようになりました。

凄い遠回りで時間がかかりましたけど、もしあのときに意地を張って劇団をやっていなければ、俺はダラダラと専門学生を続けて卒業しても惰性で毎日を過ごして夢を叶えることは一生なかったと思います」

『私もそう思います。善太先生は逆境で力を発揮できるタイプなので』

「酒を解禁したことで筆が粗くなったり、締切を守れなくなったのも事実です。それは認めます。でも、禁酒時代の俺はあいつらを許すことができんかった」

『チームKGBのメンバーですね』

「人間はダメやからおもろいし、アホやから愛しいのに……俺は余裕がなくて弱い者の気持ちに寄り添うことができんかった」

『……』

「二十歳の俺が今の俺を見たら、『こんなダサいおっさんにはなりたくない』って思うでしょうね」

瀬川も静かに深呼吸をした。

『わかりました。カッコいい大人になってくださいね』

その日の夜、俺はコンビニで小説をプリントして三軒茶屋へと向かった。瀬川の次に読んで欲しい人に会うためだ。

キリストに似た、バー《いちびり》のマスターだ。彼の言葉がきっかけで『ファンキー・ストリップ』が生まれたのである。

読んでもらって感想を教えて欲しい。瀬川と違って素人なので、新鮮な意見が聞けるはずだ。

あれ？　どこやっけ？

《いちびり》の看板がどうしても見つからない。あの夜は泥酔していたので、店の場所をハッキリと思い出せないのだ。さっきからボロボロなビルを目印にして歩いているが、三軒茶屋は似たような建物が多いので混乱してしまう。時間もまだ早いので周りのネオンが明るくて雰囲気も違っていて余計にわかりにくい。

稼ぎどきの金曜日の夜なので休みではないと思う。

もしかして……潰れたのか？

可能性は低くはない。あの店に入った瞬間の「こりゃ、アカン。長くはもたへんな」という予感が当たってしまったのか。

頼む！　やっていてくれ！

せっかく書き上げた小説がなかなか読んでもらえないなんて辛すぎる。

そこから三十分ほど歩き、ようやく見覚えのあるビルを発見した。しかし、《いちびり》の看板がない。

「嘘やろ……」

俺は小走りでエレベーターに乗り、四階のボタンを押した。

ガタガタと上がっていく。この音だ。間違いない。

四階の店舗はすべて営業中だった。《いちびり》という店はない。

……ここだよな？

俺は何の変哲もない扉を開けて店内を覗いた。

バドワイザーのネオン、ダーツの的、海外のサッカーを流すテレビ。あの夜と同じだ。

「いらっしゃいませ」

カウンターにいる金髪ボブの女の子が、にこやかに迎えてくれる。店内は女の子と同世代の若い客たちで賑わっていた。

「お一人様ですか？」

「いや……あの……このお店の名前は何ですか」

「はい？　《サニー》ですけど……」

「前のお店はいつ閉店したんですか?」

「前の?」

「関西の人がやってた、《いちびり》って店なんですけど」

「それいつの話ですか?」

「三ヶ月前ぐらいかな……ロン毛で髭のキリストみたいな人がマスターです」

金髪ボブが眉間に皺を寄せて、気味悪げに俺を見る。

「このお店、今年で五年目なんですけど」


俺は狐につままれた感覚でボロボロのビルを出た。

何やねん、これ……どういうことやねん。

あったはずの店が消えた。店の扉も内装も寸分違わず同じだった。酒が見せた幻覚なのか。

そんなわけないやろ。あの夜のバーテンダーとの会話、酒の味、流れていた音楽、すべて記憶として鮮明に残っている。

どこかのスナックからカラオケの音が漏れてくる。懐メロの昭和歌謡だ。

俺は鞄から、分厚い紙の束を取り出した。

俺が書いた小説。ほぼ俺の人生。この中に俺とチームＫＧＢが詰まっている。大阪の片隅で無様に惨めに、歯を食いしばり、ブチ切れ、ガキみたいに泣いて腹の底から笑っていた。

これを読んだら、あいつら、何て言うやろ。

火野素直はいつもどおり斜にかまえて、「オレ、こんな言い方しないっすよ」と鼻で笑うだろう。

赤星マキは嬉しいくせに平静を装って「座長だけ、ちょっとカッコよく書かれてますね」と俺をからかうだろう。

ビーバー藤森は眠そうな顔で、俺が感想を訊いても「え？　何がですか？」と返してくるだろう。

「次、どこいくー？」

「カラオケ！」

「えー！　ヤダー！　まだ飲みたーい！」

前方から二十代らしき酒で出来上がったグループが騒ぎながら歩いてくる。

「カラオケで飲めばいいじゃん」

「イエガーないもん」

「ヤバい！　また記憶なくすってば」

「うるさーい！　楽しかったらいいんだよ！」

青春の真っ只中だ。彼らもいつか、今夜を思い出す日が来る。

大人になって厳しい現実に押し潰され、それにも慣れてある程度は人生を達観して。タバコを吸っているときやコーヒーを飲んでいるとき、湯船に浸かっているときやベッドの中で目を閉じて眠りに落ちる寸前のふとした拍子に思い浮かべる。

私はたしかに、そこにいたんだと。

過去は素通りできない。自分が思っているよりもずっと胸の奥にある宝箱に、大切にしまって鍵をかけているのだ。

俺のスマホが鳴った。

「もしもし？」

『勇太？　今、電話大丈夫？』

俺のオカンだった。

「こんな時間にどうしたん？」

昔から早寝早起きのオカンはだいたい二十一時には布団に潜る。

『元気にしてるの？』

「元気やけど……何の用？」

『お母さんは用がないとかけたらあかんの？』

オカンが冗談っぽく笑う。どうやら緊急ではないらしい。

「あかんくはないよ」

『虫の知らせよ』

「……何、それ？」

『あんたも親になってんからわかるやろ。親はずっと子供のことを考えてるわけじゃないけど、ずっと思ってるのよ』

「ありがとう」

鼻の奥がツンと痛くなった。

『千春さんは元気？』

「元気や」

『コジ君と陽菜ちゃんは？』

「もちろん、元気や」

千春たちと別居していることはオカンには言っていない。無駄な心配はかけたくないからだ。でも、きっとオカンにはバレている。

『みんな元気ならそれでよし』

「それだけかいな」

『何言ってるの。それだけで充分でしょ』

　オカン、俺、映画を撮りたいねん。ほんでな、いきなり映画にはならへんから先に小説を書いてん。チームＫＧＢって覚えてるやろ。大阪でアホなことばっかりやってた俺の劇団。オカンもよく観に来てくれてたやん。あいつらが出てくる小説やねん。絶対におもろい映画になると思うから楽しみにしといてな。

　俺は溢れ出る言葉をすべて飲み込み、言った。

「そうやな」

『色々と気をつけてね。お酒も飲み過ぎないように』

「わかってるよ」

『心配やわ。あんたはお父さんに似て、いちびりやねんから』

　スマホを落としそうになった。

「オカン……それ……」

『どうしたの』

「いちびりって……」

『お父さんが自分でよく言ってたやろ』

俺は目の前のボロボロのビルを見上げた。夜空に浮かぶ月が滲んでいく。

「そうか……いちびりか」

『大丈夫？　また酔っ払ってるの？』

「オカン、電話してきてくれてありがとう」

『どういたしまして』

「俺、これからもいちびりで生きていくけどよろしくな」

オカンが電話の向こうで嬉しそうに苦笑いする。

『嫌や。それは千春ちゃんに言うて』

5

「監督、そろそろお願いします」

助監督のサードがドアをノックした。

「ごめん、ちょっと待って」

動悸が激しく、呼吸が荒い。

俺は洋式トイレに座って、テンパっていた。初めての現場で勝手がわからず、急に腹痛に襲われたのだ。

「大丈夫ですか?」

「なんとか大丈夫」

「……緊張しますよね」

「まあね」

「そりゃそうですよね。夢を叶えるのに二十五年もかかったんですもんね。絶対、失敗したくないですもんね。オレ、尊敬しちゃいます」

「ありがとう……」

空気の読めない助監督のせいで余計にプレッシャーを感じてきた。サードの彼は大学を出たばかりでまだニキビが残る青年だ。

「原作、読みました」

「そうなんや。嬉しいわ」

「あれはどこまで実話なんですか」

「ほぼ、実話やで」

「信じられないです。ヤクザがブルドーザーで突っ込んできたんですか」

「うん。そういう街やっててん」

「すいません。ブルドーザーを用意できなくて。ユンボで我慢してください」

「法律やねんからしゃあないよ」

プロデューサー曰く、ブルドーザーをアスファルトの公道で走らせることはできないらしい。

「ヒロインは今の奥さんなんですか」

「そうや」

「よかった……泣きそうです」

「ここで泣くのはやめて」

「僕も映画監督になるのが夢なんです」

「そうなんや」

サード君の無駄話のおかげで腹痛が治まってきた。

「どうやって、夢を叶えるんですか。最近、何をするにも自信がなくて……」

知らんがな。

こっちは長年思い続けた夢が叶おうとしているのだ。他人の人生相談に乗っている場合ではない。

「いい女を見つけることやな」

「……彼女いないんです」

「これから作ればいいやん。男は一人じゃなんもできへんからな」

「友達や仲間は多いんですけどね……」

「えっ？　絶望的じゃないですか」

「離れたとしても悲しむことはないよ。遠くにいても見てくれている人はいる。何も言わない応援もあるねん」

それに気づくのに二十五年かかったようなものだ。

「さすがです。深いっすね」

「こっちこそ、おおきに。落ち着いてきたわ」

「では、待ってます！　いい映画になるよう頑張りましょう！」

サード君が小走りで去っていった。

午前六時半。待ちに待ったクランクインの朝だ。このトイレを出れば、俺は映画監督としてメガホンを取る。

俺が半自伝『ファンキー・ストリップ』を書き上げ、文庫本になり、映画化が決定するまで三年のときが経った。がむしゃらになって、あらゆる出版社に売り込み、俺と同い年の釣り好きの編集者が手を上げてくれた。小説は相変わらず売れなかったが、意外なところから映画化の話が来た。立ち上がったばかりの芸能事務所が、自社のタレントを出演させることを条件に映画制作を名乗り出てきたのだ。

俺はその芸能事務所まで出向き、会長と代表取締役の前で宣言した。

「映画化のお話ありがとうございます。俺にも条件があります」

呆気にとられる二人を後目《しりめ》に一気に捲し立てた。

「監督は俺がします。脚本も俺が書きます。これは売れない劇団の話なので、俺が今やっている劇団のメンバーを脇役でいいので使います。あと、予算的に撮影は関東になると思いますが、東京だけでなく大阪でもオーディションをしてください。今、関西でもがいている役者にチャンスをあげたいんです」

映画化が決定してからは早かった。文字通り、時間が飛ぶように過ぎていった。

俺は脚本を書き上げ、何度も書き直し、主演とヒロインが売れっ子の俳優と女優に決まり、ロケハンをしてオーディションで何百人ものプロフィールに目を通した。

一番最初に決まったのがビーバー藤森役だ。偶然なのか小説を読んで役作りをしてきたのか、おかっぱのメガネでどこか眠そうな表情をした若手の俳優がいたのだ。しかも、子供のころからダンスをしていて動きがキレキレだった。

赤星マキ役もいい女優が見つかった。小柄で腰まで伸びたストレートの黒髪が印象的な子で、関西が舞台の朝ドラに出ているのを観たことがあった。身長以外、外見は似てはいないがなぜか惹かれた。オーディションが終わったあと、金髪のショートヘアのカツラを被った写真を「赤星さんの髪型にしたら、こんな感じになります」と俺に見せてきた。俺をじっと見つめる真剣な目が赤星にそっくりだった。

二人は即決したが、火野素直役は難航した。

木村勇太役を演じる俳優の背が高く、俺が求める火野との身長差を出すためには百八十五センチ以上の役者を見つけなければいけなかった。

結局、俺のワークショップに参加した男を選んだ。俺の小説のファンでわざわざ福岡から東京まで受けに来てくれた奴だ。まったくの無名だが、福岡で座長として自分の劇団を持っている。火野とは性格は違うが、リアルな売れない劇団の空気を再現できることに賭けた。

キャストたちの衣装合わせの日、俺は震えた。控室に火野役と赤星役の衣装とビーバー藤森役のピンクのTバックが用意されているのを見て、ようやく映画監督になる実感が湧いてきた。

オーディションを受けなかった男が一人いた。

東京から香川に戻った丸亀虫男だ。俺が「映画を撮るから出てくれよ」と頼んだが断られたのだ。

『座長……とても出たいのですが無理でやんす』

「看護師の仕事が忙しいんか？」

『いえ、看護師は辞めるでやんす』

「マジ⁉　次は何の仕事するねん」

『丸亀市の市議会議員でやんす』

「はあ？　嘘やろ？」

俺は電話をかけながら、ひっくり返りそうになった。丸亀虫男がこんな冗談を言えるような余裕がある人間でないのはよくわかっている。

『選挙に受かってしまったでやんす』

「……どういうことやねん」

『地元の看護師協会の人たちに気に入られまして……お前みたいな勢いのある若者が政治家になれと背中を押されたでやんすよ』

「その人たち……大丈夫か？」

『僕も思ったでやんす』

「選挙活動とかしたんか？」

どう逆立ちしても、丸亀虫男が車の上でマイクを持って演説をしている姿を想像できない。

『地味だけどやりました。毎朝、駅前に立って通行人に「おはようございます」と挨拶をしたり、選挙区を「よろしくお願いします」と歩いて回ったりしただけでやんす』

「……お前、そんなことよくできるな」

丸亀虫男が逆にびっくりした声で返してきた。

『座長、何を言ってるんですか？　ピンクのモヒカンにすることに比べれば屁でもないでやんす！』


俺は喫茶店のトイレを出た。

撮影初日は神奈川の古い商店街だ。ストリップ劇場があった大阪の下町として再現する。喫茶店を貸し切り、役者のメイクルームとして使わせてもらっていた。

「監督、こちらをお願いします」

録音のアシスタントがワイヤレスのヘッドホンを渡してくる。

「ありがとう」

映画監督になって驚いたのは、仕事が細分化されていることだ。プロデューサーが資金を集め、スケジュールは助監督が切り、ロケ場所の手配、照明や録音のセッティング、衣装と小道具の準備、演者のヘアメイク、美術と装飾で世界観を作る。数多くのスタッフたちが動いて映画が作られることに素直に感動した。

監督の仕事は決断だ。スタッフの仕事に対して敬意を払って責任を持ってオッケーを出す。

まだ人が少ない商店街を渡り、パチンコ店の角を曲がる。

ロケハンにかなり時間をかけたが、撮影場所になるストリップ劇場は見つからなかった。メインのロケ地になるので撮影期間は営業を止めなければいけないのだが、ストリップ劇場に休みはない。年中、朝から晩まで踊り子さんがパフォーマンスをしている。

そこで考えたのが、ライブハウスを改装して昭和の残り香のあるストリップ劇場に変えてしまう案だ。さすがに予算の都合で俺がこだわる回転ステージまでは作れなかったが、いい感じで胡散臭い雰囲気の小屋が出来上がった。

ライブハウスの場所は千葉の木更津になった。しかし、ビルの地下にあるのでストリップ劇場の入り口までは再現はできない。助監督の提案で、他のシーンでお世話になる神奈川の商店街のパチンコ店の入り口に看板や踊り子さんたちの写真を飾ることにした。

路地裏に《東洋ミュージック》があった。見事なプロの仕事に俺は思わずニヤけてしまう。

「紹介します」

助監督のサード君が周りのスタッフたちに言った。やたらと声がか細い。こいつも緊張しているのだ。

せっかくのクランクインなのに。景気よく言って欲しい。

「監督の木村勇太さんです」

カメラの前に立っていた役者たちが一斉に俺を見る。

よう。チームKGB。久しぶりやな。

俺はスタッフたちに会釈をし、モニター前のディレクターズチェアに座った。

テストを終え、モニターを覗く。

ファーストカットは、チームKGBが初めてストリップ劇場を訪れるシーンだ。ここからどうしようもなくアホないちびりたちの冒険が始まる。

カメラが回った。

俺は大きく息を吸い込み、渾身の力で叫んだ。

「よーい！　スタート！！！」

「ワンワンワンワンワンワン！」

パチンコ店の向かいの家から犬が吠えた。

「カット！」

ベテランの助監督が呆れた顔で撮影を止める。

助監督のサード君が笑いを堪えて俺の元に走ってきた。

「監督、早朝なのでもう少し静かにお願いします」

俺は恥ずかしさで耳まで熱くなって、言った。

「……ごめん」

まだ何も始まっていないのに、現場が笑いに包まれた。

――本書のプロフィール――

本書は、小学館文庫のために書き下ろされた作品です。

小学館文庫

ロックンロール・トーキョー

著者　木下半太《きのしたはんた》

二〇二一年一月九日　初版第一刷発行

発行人　鈴木崇司
発行所　株式会社 小学館
〒一〇一-八〇〇一
東京都千代田区一ツ橋二-三-一
電話　編集〇三-三二三〇-五九六一
　　　販売〇三-五二八一-三五五五
印刷所――――――凸版印刷株式会社

ISBN978-4-09-406863-4